고요한 중심 환한 미소

여류의 노래 3

고요한 중심 환한 미소

이병철 시집

아직도 나의 만트라는 당신이다

아직도 나의 만트라는 당신이다

도처에서 당신을 본다
온 사방이 당신으로 가득하다

나의 만트라가
아직도 당신일 수밖에 없는 까닭이다

삶이 여정인 이번 생에서
당신께 가닿았던 그 자리가
매번 다시 당신을 향해 나서는 그 자리였음을

아직 나의 여정이 끝나지 않아
나의 노래도 끝나지 않았다

길은 외길
남은 날까지 걸어가야 할 다만 그 한 길에서
나는 당신의 노래를 부른다

온 사방에서 들리는 당신의 노래
젖은 땅에 이마 대고 절한다

고요한 중심
환한 미소

2015년 새봄
如流 모심

차례

셋째 마당 _ 고요한 중심 환한 미소

이 노래를 듣는 벗들에게

구도자(求道者)라 불릴 만한 사람이 있다.
길을 찾는 사람이라는 말이겠는데 결국은
그러는 자기를 찾아 보겠다는 사람 아닐까?
그렇다면 여류(如流)는 내 눈에 누가 뭐래도 구도자다.
그의 오래고 새로운 노래들을 연이어 읽어보는데,
아하, 쉼 없이 흐르고 흐르더니
더 이상 아무데도 '그'는 없고
닥치는 대로 모든 것이 '너'인 여기까지 오셨나 보다,
싶은 느낌이 든다.
그렇다면 이제 남은 것은?
더 이상 '너'도 없고 오직 있는 것이라고는
'나' 하나일 뿐인 바로 그 자리일 텐데,
그런데 거기에 이른 사람한테서는
그것을 설명할 말이 없어진다고 하니.

우리가 여류(如流)에게서 마침내
침묵의 노래를 들을 그날이 과연 올 것인가?
그건 내가 궁리하거나 염려할 바 아니고,
그냥 이 노래들이
우리 모두 가야 할 어떤 천연의 그리움 같은
길 위의 도반들에게
고맙고 친절한 동무가 되어주기를 가만히 기대해 본다.

이천십오년 삼월
觀玉 이현주

첫째마당 -

가림없이

싫다는 말
이젠 놓겠습니다

그냥 고맙게
다만 고맙게 받겠습니다

햇볕과 비바람 가림 없이
당신이 주시는 것 모두

좋은 날

사랑하기에
이별하기도

태어나기에
돌아가기도

모든 날들이
고맙고 눈부신 날

눈물로 젖은

네 안에 슬픔의 샘이 있어
세상에 마르지 않는 강이 있다
세상에 소리 없이 흐느끼는 강이 흘러
내 안에도 일렁이는 슬픔이 있다
네 뺨에 흐르던 눈물 한 방울이
마른 내 가슴을 적시듯
슬픔이 샘솟아 강으로 흐르고
슬픔으로 흐르는 강이 마른 대지를 적신다
세상의 꽃들 모두 서럽도록 눈부신 것은
눈부시게 피었던 그 꽃들
그토록 서럽게 지는 것은
눈물로 젖은 땅이 그 꽃들을 피웠기 때문이다.

존재 가치

살아 있다는 것은
이리 살아 간다는 것은
온전히 다른 생명의 몫에 의한 것임을
앓으면서 그리 알았다
생명을 취한 것보다
내 사랑이 크지 않다면
존재할 가치가 없다는 것을

존재 방식

삶의 방식이 존재 방식
존재 의미와 그 가치를 결정한다
이 아침 맨발로 땅을 밟고
이슬 머금은 풀꽃 앞에서 합장한다
우리는 함께 이 지상에서 숨길을 이어가고 있다.

타인의 고통

한 열흘 앓는 동안
내 안의 수많은 '나'가
하나같이 저마다의 고통을 호소했다
모두 절실했다
나라고 하는 것은
수많은 '나'들의 커다란 복합체였다

타인의 고통을 이해한다고
어찌 말할 수 있을까.

사금파리

냉장고 속에 위태롭던 사발 그예 바닥으로 떨어져
하얀 사발은 산산조각 깨어지고
담겨 있던 쌀이 쏟아져 사방으로 흩어졌다
하얀 쌀과 함께 흩어져 있는 사발의 하얀 조각들
그 사금파리들을 쌀과 함께 쓸어담아 버리려다
이 쌀이 어떻게 왔는가 하는 생각과
굶주림으로 퀭한 먼 나라 아이들 눈망울이 어른거려
하얀 쌀에서 하얀 사금파리들을 골라낸다
아니 날카로운 이빨을 드러내고 있는 사금파리들 속
에서
한 톨 한 톨 쌀알들을 건져낸다
사람을 한번 보곤 대번 분별하며 딱지 잘 붙이던 내
눈도
하얀 쌀알과 잘게 깨어져 있는 하얀 사금파리들은 쉬
구분하질 못한다
눈보다 더 믿을 수 있는 게 손의 감촉
쌀알은 부드럽고 사금파리는 날카롭다
부드러운 쌀은 먹을 수 있는데

볕살 아래 보석처럼 반짝이는 저 날선 사금파리는 먹을 수 없다
살아 있는 것이 부드러운 까닭은 이 때문일까
내 지난 삶의 많은 날들을 날선 사금파리처럼 살아왔을지도 몰라
여태껏 내 사랑이란
네게 다가갈 때마다 상처만 주는 사금파리 같은 것이었을지도.

화두를 들다

당신,

들숨에 당신
날숨에 당신

미안하고 고맙고

들숨에 미안한 당신
날숨에 고마운 당신

오매일여(悟寐一如)
환한 아픔

가림 없이

바람이 그친 뒤에
떨어지는 꽃을 봅니다

빛이 있는 곳에
그림자 있음을 압니다

환한 미소 끝에서 물안개처럼 피어나는
슬픔의 자락을 보았습니다

내게 오는 것
모두 당신이 주시는 것입니다

싫다는 말
이젠 놓겠습니다

그냥 고맙게
다만 고맙게 받겠습니다

햇볕과 비바람 가림 없이
당신이 주시는 것 모두.

움직이는 사원(寺院)

내 마지막 숨을 몰아쉴 곳
꾸에렌시아(querencia)
내 심장을 당신의 가슴에 묻은 뒤로
당신은 나의 기도처가 되었다
한 점의 극점만을 가리키는
나침반처럼
언제나 당신이 있는 곳에
내 머리를 두었다
그러나 당신은 움직이는 사원이었으므로
내 나침반은 당신이 있는 곳을 향하기 위해
애타게 흔들리기도 했다
그리하여 어느새 버릇된 한숨과
의미 모를 중얼거림이 때론 절실한 기도가 되었다
내 기쁨의 근원이 당신인 것처럼
그렇게 내 슬픔과 고통도 당신에게서 비롯하였다
밤새 내리던 비 그치고
환히 개인 청량한 아침이나
선홍빛으로 처연한 저녁노을을 볼 때
내 심장이 있었던 그 빈 자리가 유난히 아파왔다

그렇게 빈 심장을 앓으면서
내 심장을 묻은 당신의 가슴 또한 그리 앓고 있다는
것을
지독한 그 아픔으로 고요히 있질 못하여
쉼 없이 움직이며 그 아픔을 달래는 것인 줄을
당신이 움직이는 사원일 수밖에 없는 그 까닭을.

저문 길에서

참으로 모든 것이 한 순간이다
한 생이란 들숨과 날숨
그 한 호흡 사이에서 드러났다 사라지는
한바탕 몸짓이다
목숨 지닌 모든 것들이 찰나 간의 그 틈을 헤집고
그렇게 와서
또 그렇게 가는 것이다
생이 그토록 아련하고 아찔한 것은
찰나 간의 그 순간에
매달리고 움켜쥘 수 있는 것이 도무지 없음을
진작은 알지 못했던 까닭이다
꽃이 핀다는 것은
꽃이 진다는 것임을 그리 알았더라면
모든 순간이 마지막인 그 길에서
내 눈길 다만 네게 맞추고
내 몸짓 모두 너를 향한 춤사위로만 오롯했을 것을
살아 있는 것들의 눈을 깊이 볼수록
먹먹히 가슴이 메는 것은
그 모든 눈빛들이

나를 향한 애틋함으로 젖어 있음을
저무는 길에서야 아는 까닭이다.

먼저 가닿아

온종일 햇살 아래 서 있는 사람은 당신인데
얼굴이 시커멓게 그을리는 사람은 나다.

날마다 순례길 걷는 사람은 당신인데
제 자리 서성거리며 지친 다리 끄는 사람은 나다.

외롭고 아픈 가슴들을 보듬고 노래하는 사람은 당신
인데
그런 당신을 그리며 가슴 젖는 사람은 나다.

바람 앞에 울릴 채비를 미리 끝낸 저 풍경처럼
온몸 더듬이로 당신께 가닿아 언제나 먼저 울리는 사
람은 나다.

전생에

떨어진 단추를 매달거나
찢어진 모기장을 꿰매거나
망가진 우산대를 고치거나
헤어진 것들을 다시 손질하는 순간엔
그런 일들이 능숙하진 않지만
마음 저절로 편안하다
전생에 나는 신기료장수였을지도 몰라
오늘도 뒤꿈치 헤어진 당신의 구두를 접착제로 붙이
면서
아득해지는 것은
그리 오래되지 않은 지난 생의 한때
그 때도 당신의 신을 기웠을지 모른다는 느낌 때문
일까
내게 맡겨진 작고 앙증맞은 가죽신 한 켤레
어쩌면 그 신발의 주인을 사뭇 그려왔을지도 모르지
우리는 먼 발치에서나마 서로 눈이 마주친 적이 있
을까
내가 자꾸 당신의 눈을 깊게 바라보는 것은
그 때 당신의 눈을 기억하고 싶기 때문일까.

섬(島)이 품은 섬

건너 보이는 바다에 섬이 있다
아직 가보지 못한 그 섬은
언제나 뭍과 떨어져 외롭고
스스로를 품어 늘 고요했다
아직 자신을 품는 법을 알지 못한 나는
항상 그 섬이 궁금했다
여태 기다려왔지만 그 섬은 한번도 뭍으로 나들이 하지
않았음으로
가을 저물어 외로움이 물안개처럼 피어오르는 날
나는 그 섬으로 갔다
섬에 발을 내딛는 순간
출렁이는 물결 위에 있으면서도 흔들림 없는
섬의 견고함에 나는 놀랐다
섬은 떠 있는 게 아니라 굳게 뿌리내리고 있는 것이었다
섬은 그 자체로 또 하나의 뭍이었다
발을 딛고 선 순간 섬 또한 뭍이 된다는 것을
그리워하기 위해선 바라볼 수 있는 거리가 필요하다는
것을

그래서 섬 안에도 또 섬이 있다는 것을
이제껏 자신을 품지 못한 것은
내 안의 깊은 뿌리 보지 못하여 스스로를 떠도는 섬
이라 믿은 까닭임을
그렇게 그 섬에서 내 안에도 섬이 있는 것을 보았다
나와 떨어져 외롭고
스스로를 품어 늘 고요한
언제쯤 나는 그 섬에 가닿을 수 있을까
섬이 품고 있는 내 안의 그 섬에.

입도(立島) 앞에서

여기는 내 기다림의 자리
긴 날들을 여기서 한 소식을 꿈꾸어왔다
그리 오랜 기다림에도 매번 이 자리에 서면
기다림은 내게 길들여지지 않는 들짐승처럼 익숙해지질
않았다
기다릴수록 시간의 길이는 늘어나기만 하고
나는 마치 무엇에 묶인 양 제자리만 쉼 없이 맴돌았다
그럴수록 목이 말랐지만
눈앞에 출렁이는 바닷물로는 그 갈증을 채울 수가 없었
다
그 기다림의 동안에도 바다는 쉬지 않고 제 물빛을 바꾸
고 있었다
바다가 하늘을 비추는 거울이라는 것을 그렇게 알았다
여기 내 기다림이 갈수록 이리 목마른 것은
아직 저 바다처럼 거울이 되어
당신을 오롯이 비추지 못하기 때문이라는 것도
오늘 다시 이 섬을 마주 하고 섰다
저 섬이 저리 선 채로 기다리는 것은 무엇인가

여기는 기다림을 익히는 자리
남은 내 기다림의 시간 동안
나도 저 섬처럼 서서
바다가 어떻게 하늘을 비추는지를 배운다.

마지막 날과 그 첫날

모든 달들의 그 첫날과 마지막 날만은
너와 함께하고 싶었다
그 처음과 마지막을 함께할 수 있다면
나머지 날들 모두를 함께한 것으로 여길 수 있으리라
싶었다
그렇게 너를 그리며
함께 있어야 마땅한 날들을 헤아리려
달력을 보았다
모든 달에는 첫 주와 마지막 주도 있고
매주마다 첫 요일과 마지막 요일이 또한 있다
그런 달력을 보며
매달의 첫 주와 마지막 주도 너와 함께 있어야 한다고
생각했다
그리고 매주의 첫 요일과 그 마지막 요일도
그 또한 새로운 시작의 그 첫날과 마지막 날이었으
므로
그럴 수 없다면 부당한 것이라 생각했다
사랑이란 함께 있어야 마땅한 까닭이었기에
첫날과 마지막 날을 그리 짚어보다가

마지막 날과 첫날이 서로 맞닿아 있음을 보았다
마지막 날 그 다음 날은 언제나 첫날이었다
그렇게 모든 날들이 다 그 첫날이고 마지막 날이었음
을 알았다
마지막 날과 첫날의 사이,
그 사이에 한 치의 간극도 없었다
모든 저녁이 아침에 이어져 있듯
어느 하루도 따로 떨어져 있는 날은 없었다
모든 날들, 모든 시간이 그러했다
서로를 품어 한 몸으로 되어 있는 빛과 어둠의 경계
처럼
나누어져 있는 시간이란 어디에도 없는 것이었다
시작이 있어 마침이 있듯이
첫날이 있음으로 마지막 날 또한 있는 것이었다
그리고 마지막 날이 있어
다시 그 첫날이 시작되는 것이었다
그러므로 내게 있어 우리가 함께 있어야 할
그 첫날과 마지막 날은
우리가 지닌 달력의 그 모든 날이었다

그 모든 날들이 너와 함께 있지 않으면 부당한
그 첫날과 마지막 날이었다.

한 생애

이른 봄 꽃집에서 나의 거실로 몸을 옮겨와
긴 목을 내밀고 꽃망울 부풀어 환하게 몸을 푼
노란 별꽃

내가 지켜보는 사이에 꽃 피었다가
내 곁에서 그 꽃을 거두었다
봄철 한 순간을 찰나이듯 피고 진
수선화 그 노란 꽃의 일생

이번 내 한 생애에서 수십 번의 봄을 맞고 보내면서
봄마다 피고 지는 수선화의 여러 생을 나는 보았다

누구일까
내가 수선화의 일생을 지켜보듯
내 일생을 지켜보고 있을 이는

그의 품 안에서 나는 몇 번이나 피고 진 것이었을까
졌다가 다시 필 때마다
나는 얼마나 새롭게 피어났던 것일까

공연한 설움에

어스름 저녁 기운이 내리기도 전부터
소쩍새는 그리 울어쌓고
뿌옇게 새벽안개가 피어오르기도 전부터
멧비둘기 구슬피 울어대는데
송홧가루 노랗게 쌓인 툇마루에 주저앉아
공연한 설움에 겨운 나는
저리 목메어 우는 새를
뻐꾸기라고 자꾸만 우기고 싶은 것이다
비둘기는 좀 더 밝게 울어야 하고
뻐꾸기는 좀 더 구성지게 울어야 제 맛이라고
괜한 투정을 그리 부려보는 것이다
마실 길 가듯 잠깐이면 다녀온다고
네가 그리 말했는데도.

슬픈 치(峙)

봄이 태어나는 바다를 보신 적이 있나요

입춘의 바다
쪽보다 더 짙은 그 물빛을 보았나요
온몸 뒤척이는 그 소리를 들었나요

비진도
수포 가는 호젓한 그 길 너머로 솟은
슬픈 치에 올라
가슴 속 깊이 묻어둔 그 바다
함께 깨어나 철썩이는 걸 보셨나요

봄 볕살 속에
푸른 슬픔이 왜 그리 출렁이는지
그 바다와
저물도록 눈 맞추어 본 적이 있나요.

마애불

깎아지른 수직의 바위 벽
그 빈 가슴에
새긴다
나의 부처님

앞으로 오실
지금 오고 계신
이미 곁에 와 계시는

미륵이여
관음이여
약사여
지장이여

그 직벽에서 환하게 걸어 나오시는
나의 당신

작은 새

하늘을 바람처럼 날아
이산 저산 거침없이 이어주는 작은 새도
깃들어 쉴 품이 필요하네
다시 생이 허락된다면
나 한 그루 나무로 돋아나
저 작은 새 깃들 너른 품이 되고 싶네
먼 길 떠난 당신 밤길에 돌아올까
저문 밤마다 문밖에 등불 내어 걸듯
바람이고 새이고자 하던 당신
그 작은 새 깃들 푸른 품이 되고 싶네.

욕봤다

오촌 당숙의 팔순 날
가진 게 몸뚱이밖에 없었던
한 평생을 농투성이로 흙 속에 묻혀 살았던 사람
작은 몸뚱이 하나로 팔십의 세월을 감당하느라고
지친 다리 절며 견뎌온 그 팔순의 자리에서
오십여 년을 넘게 살 맞대며 살아온 당숙모에게
사랑한다고 말해보라는 주위의 성화에
한동안 말없으시던 당숙의 입에서 어렵사리 나온
'욕봤다' 그 한 마디
그리 말하지 말고
사랑한다고 직접 말해보라고 다시 재촉하자
당숙이 하는 말
욕봤다는 그 한 마디에 그런 것 다 들어 있다며 끝내
더 말씀 않으신다
그 한 마디 말을 위해 잠시 침묵했던 그 순간
당숙의 가슴을 거세게 흘러갔을 지난 세월들의 강을
생각하며
그래, 욕봤다는 그 말보다 더 적절한 말 달리 또 있을
까

나도 당신을 떠올리며 마음속으로
욕봤소 하며 말해 보지만
내 가슴에서 당숙의 그 한 마디처럼 울림의 절실함 못
미치는 것은
세월의 깊이가 아직 그만큼 깊지 못해서일까
땀으로 목마른 저 흙
제대로 한번 흥건히 적셔 보지 못한 까닭일까.

나무를 닮을 수 있다면

감히 나무를 닮는 게 허락된다면
주목이나 구상나무였으면 했다
그래서 '당신은 어떤 나무이고 싶소?' 하고
누군가 그리 묻는다면
부끄럼 무릅쓰고 '주목이나 구상나무요' 하고 대답할
터이다

소백산 비로봉에서 천동 계곡을 굽어보는 자락
천년의 세월로 우뚝한 그 주목 군락이나
지리산 세석평전에서 제석봉으로 이어진 능선 따라
바위벽을 울리는 거친 바람 속에서도
사철 의연한 그 구상나무들
한라산 백록담에서 관음사로 향하는 그 언저리
낮은 어깨 위에 하얀 눈 이고 더 청정한 그 구상나무
를 떠올리는 것만으로도
흐릿하던 내 정신이 청량하게 깨어나는 것 같았다

생전에 내 공덕이 깊지 못하여
주목이나 구상나무 같은 닦음에 턱없이 미치지 못

함을 알지만
　소망하는 것은 그 자체로 큰 허물이 되지 않는다면
　남은 길에서의 커다란 소망 하나는
　이번 생을 떠난 뒤의 내 모습이
　저 주목이나 구상나무를 닮았으면 하는 것이다

　인연이 다하여 생명을 여읜 뒤에도
　생시인 듯 선 자태 그대로 한 점 허물지 않고
　지녔던 것들 차례로 비워가면서
　세월이 지날수록
　마침내 덧붙여진 것들 모두 다 덜어낸 뒤에
　하얗게 자태 더 눈부신
　제 유골로 천년의 사리탑을 쌓는 저 주목이나 구상나
무 같은

당신이라는 이름

그러므로 당신이라고 부르는 것은
이 지상의 오직 그 한 사람의 이름을 부르는 것이며
모든 그리운 이들의 이름을 또한 그리 부르는 것이다
드러나 보이는 당신과
드러나지 않는 그 모든 당신들을 함께 부르는 것이다
피어나는 것들과 저무는 것들
촉촉이 가슴 젖게 하는 것들과 환하게 웃음 짓게 하는
것들
어둠별과 새벽별을 한 이름으로 품는 것이다
그러므로 당신이란 이름은 고유명사
알파벳의 대문자로 표시하거나
고딕체로 적어야 할
또는 그 단어 위에 방점을 찍어
다른 일반명사들과는 구분되게 적어야 할 존재의 명
사이다
그러므로 당신이라고 소리 내어 부르는 것은
신성의 만트라,

모든 간절한 것들의 이름으로 부르는 오랜 주문이며
여기 내 가난한 우주를 당신으로 따스하게 채우는 것
이다
그러므로 당신이란 이름은
그 앞에서 옷깃 여미고 무릎 꿇어 삼배 올리거나
설레임 가득 다가가
뜨거운 가슴으로 품어 안을 내 사랑의 이름이다
그 목메임이다.

고래가 보고 싶다

오래전부터 고래가 보고 싶었다
떠다니는 섬 같은
살아 있는 고래의 눈빛을

고래를 보았다고
숨 쉬는 고래를 마주 보았다고
이 행성의 건너편에서 막내딸이 말했다

타고 간 배의 크기만 한 살아 숨쉬는 고래를
그 바다는 얼마나 넓고 깊을까
고래의 가슴으로 품은 그 사랑은

봄볕에 앉아 초록빛으로 물들어 가는 들녘을 본다
여기도 한때는 바다였을까
그 바다에도 고래가 살고 사랑했을까

내 조상의 그 첫 조상이 태어나기도 훨씬 더 옛적에
뭍보다 더 큰 영토인 바다로 들어가 둥지 삼았던 고래
들

딸들은 고래의 혈통일지도 몰라

지구의를 들어 고래가 사는 그 바다를 본다
막내가 가 있는 섬나라 카리브해의 바다
지구의 속에 바다가 있고 그 바다에 고래가 산다

내가 고래를 보러 갈 수 없는 것은
고래를 만나 차마 그 눈을 마주볼 수 없기 때문이다
차마 할 말이 없기 때문이다

미안하다는 말 말고는 달리 무슨 말을 할 수 있을까
그 말은 이미 막내가 다 했을 것이니
슬픈 고래의 눈을 보며

봄 오자 금세 꽃잎 저무는 속절없는 이 계절에
나는 출렁이는 들녘에 앉아 시방 졸고 있다
고래의 꿈을 꾼다

옛 바다는 너무 깊고 아득하고

뱃멀미로 나는 너무 어지러워
고래가 숨 쉬는 소리 듣고도 나는 눈을 뜰 수가 없다.

둘째마당 ─ 놓고 흐른다면

流

놓고 흘러서
붙잡지만 않는다면
절로 이르리라
처음과 나중이 하나인 그 자리에

눈이 내렸으면

눈이 내렸으면.

하염없이 하얀 눈 내려
하늘과 땅 경계 잃었으면.

만상이 눈 속에 묻혔으면.
그 속에 나도 그리 묻혔으면.

내 그리움
내 애달픔 더 깊게 묻혔으면.

긴 동면의 계절을 지나
봄볕 따사로워 쌓인 눈 다 녹고
온 산천 연둣빛으로 눈부실 때
그 때쯤에나 나 깨어났으면.

나 깨어났을 때에도
내 그리움과 애달픔 더 깊게 묻혀 있었으면.

흐름 위에

흐름 위에 자리한 이여
남은 시간은 얼마인가.

머뭇거리는 사이에도
흐르는 시간

우리 할 일은 무엇이고
이룰 수 있는 건 또 무엇인가.

오직 흐를 뿐,
가벼워야 저 흐름을 탈 수 있으리.

그대 빈손을 다오.
여기 내민 손이 있다.

모든 것 놓고
다만 활짝 가슴 열어

함께 흐르며

그 흐름을 즐겨야 할 뿐.

놓고 흘러서
붙잡지만 않는다면

절로 이르리라.
처음과 나중이 하나인 그 자리에.

눈 소식

이곳에도 얼음 두텁고
손이 시리지만
겨우내 눈은 오지 않는다
이 변방의 땅에서
오지 않는 눈을 기다리느라
이 계절은 언제나 목이 말랐다
눈이 내린다면
하늘 가득 그리 흩날린다면
눈이 와서 네게 달려오지 않을 수 없었다고
자꾸 목이 메는 걸 어찌할 수 없었다고
겨우내 그 한 마디 말만 품은 채
아직도 네게 다가가지 못하고
나는 먼발치에 비켜서서
오지 않는 눈만 애타게 기다릴 뿐
오늘도 눈 소식 없는데
어느새 빈 들녘 저만치 봄소식은 들려오는데

입춘제(立春祭)

봄은 바깥에서만 오는 게 아니라
내 안에서도 온다
한 사랑이 내 안에 가득했을 때
겨울 한가운데서도 내 가슴은 찬란한 봄날이었음으로
그 사랑이 아픔과 함께 하는 것임을 알았을 때
봄 볕살 눈부신 날에도 가을의 스산함이 가슴을 메웠
음으로
겨울 긴 날들을
눈 속에서도 피어나는 꽃 생각으로 보내다가
쪽빛으로 물드는 입춘의 바다에 몸을 담그며
봄 마중을 한다
아직도 가을을 앓는 내 가슴에게
이미 봄이 이리 왔다고
동백 빨간 꽃 그림자에 설레는 저 바다를 보라고.

매화를 찾아서

_ 심매(尋梅)

당신은 어디에 있는가

아직 여울의 얼음 두텁고
먼 산의 봉우리 흰 눈에 덮여 있는데
시린 바람결에 언뜻 들려오는 당신의 소식
당신의 모습은 보이지 않고
푸른 그늘 속으로 흐르는 아린 이 향기
어디에서 찾을 수 있을까
당신의 자취
날마다 빈들로 찾아 헤매다가
날 저물어서야 시퍼렇게 언 몸으로 돌아와
나는 잠들지 못하고
저문 겨울 긴 밤을 앓고 있다
신열에 들뜬 내 머리맡에서 밤새 젖어드는 당신의 향
기
겨우내 달랠 길 없는 내 목마름

_ 탐매(探梅)

볼 위로 스치는 바람 아직 차갑지만
볕살 눈부신 남녘바다
바람 오목하게 감춘 그 자리
춘당매 동지매(冬至梅)라고 이름한 당신
세상에선 백년도 훨씬 지난 나이라고 수군대지만
이제 막 열여섯의 수줍음으로
그 첫 가슴 가만히 열었다
겨울 저무는 길목에 서서
해마다 이리 새롭게 태어나는 무구한 나의 처녀
간밤에도 눈발 분분히 날리고
온 사방 얼음 발 다시 돋았다
당신을 얼마나 기다렸는지
그리움으로 뒤척인 밤이 얼마인 줄 아느냐고 투정하듯
물었을 때
삼동의 그 긴 밤을 눈서리 속에서 하얗게 지새웠던 당
신

말없는 미소에 어린 푸른 그늘 앞에서
추위 깊을수록 더 아린 그 향기 앞에서
내 미안함과 고마움을 어찌할 수 없어
두 손을 모아 당신에게 삼배한다
나의 아씨여,
나의 신부여.

_상매(賞梅)

당신을 본다
이월 열이레 시린 달빛에 젖어 푸르게 빛나는 당신의
알몸

떨림으로 다가가 가만히 푸른 입술을 포개며
당신의 눈을 본다
깊이 모를 저 바다를 닮았다

출렁이는 하얀 물결 속으로
몸을 던진다
애초부터 물질하는 법은 배우지 않았다
당신의 바다 속에 내 마지막 안식처를 꿈꾸었음으로
나는 허우적임을 멈추고
닻처럼 깊숙이 가라앉아
숨결과 의식을 모두 놓았다
이 봄은 그렇게
내 생애와 더불어 아득히 저물었다

당신의 품속에서 맞는 나의 봄은
언제나 내 마지막 봄이었다.

태춘(胎春)

입춘제를 지냈다
볕 바른 곳에 자리 펴고 봄을 마중했다
바다는 이미 초록빛으로 물들었다
새들은 아침부터 설레며 노래했다
해넘이가 눈부신 바다언덕에선
이미 만삭인 매화가 출산을 서두르고 있었다
참을 수 없이 터져 나온 신음처럼
먼저 핀 청매(靑梅) 한 송이
동지 하늘의 새벽달같이 푸르렀다
아린 향기 속의 떨리는 입맞춤
동백 숲을 거쳐 온 바람이 술렁거렸다
묵은 가지에 돋는 새순처럼
오랜 내 자궁 속에도 봄의 신명이 들어섰다
온 사방이 봄을 품었다.

향기

달고 환한 이 내음은 어디서 오는가
천리향 만리향이라는 은목서 금목서 꽃피어
그 꽃내음 온 집안을 채우고도
가을 들녘까지 퍼져나간다
이 꽃들이 피기 전 이 향기는 어디에 있었을까
당신의 가슴 가득한 그 사랑이
얼굴에 환한 미소로 피어나는 것처럼
이 꽃에서 이 향기를 피어나게 한 것은
저 나무들이 품은 사랑인가
그 사랑은 어디서 온 것일까
맨 먼저 사랑이 있고
그 사랑이 당신 가슴에서 움터 미소로 피어나게 한 것
처럼
저 나무가 한 사랑을 품어
꽃 속에서 천리향 만리향으로
그리 달고 환하게 피어나게 한 것 아닐까
사랑은 이리 저마다의 향기로 피어나는 것일까.

봄으로 오시는 이여

봄보다 먼저 봄으로 와서
내 안 깊게 잠든 봄을 깨우는 이여.

온몸 활짝 봄으로 열어
아침 강의 물안개로 피어나고
마른 땅 촉촉이 적시는 보슬비로도 내리며
맑은 바람으로 불어와 꽃망울 버는 가지 간질이다가
양지 땀의 환한 볕살로 내려 봄 언덕 푸르게 물들이며
온 사방에 들불처럼 봄 신명 지피는 이여.

삼동의 한복판부터 서성이다가
봄보다 먼저 봄으로 와서
내 안 깊게 잠든 그리움 깨우는 이여.

먼저 꽃망울 여는 저 매화
진눈개비 몰아치는 꽃샘 추위에 어쩌라고
바람 없이도 남김없이 떨어져 내리는

저 눈 시린 꽃잎들을 어쩌라고
온 밤 지새워 핏빛 울음 토하는 목쉰 저 소쩍새는
또 어쩌라고

봄보다 먼저 봄으로 와서
생애 마지막인 듯 이 봄을 앓게 하시는 이여.

꾀꼬리 소리 듣다

오월 열나흘
첫 꾀꼬리 소리를 듣는다
개울 물소리 너머로 들려오는 해맑은 그 소리
고맙구나
그렇게 다시 내 곁에 돌아온 당신
두 손 모아 절한다.

꽃이 지는 법

혼신으로 피워 올린 그 꽃
한순간 속절없이 떨어져 진다
동백꽃 모가지째 선연히 지고
벚꽃 하얀 그 꽃잎 한 닢 한 닢 바람결에 싣는다
피었던 꽃 저마다 그리 다 지는 것은
저 꽃들 피기 위해 애씀처럼
제 때 맞춰 지기 위해 그리 애쓴 까닭임을
그러므로 꽃을 피운다는 것은
꽃을 지게 하는 것이기도 하다는 것을
나 또한 저 꽃들처럼 저물고 있는 이 길에서
내 질 때를 알아
그 때 놓치지 않고
머뭇대거나 미루지 않고
저 꽃 지듯 그렇게 훌쩍 떠날 수 있기를
바람이 멈춘 자리
깊은 고요 속으로 꽃 잎 한 닢 날아와
가만히 내 어깨에 기댄다
이번 생에 나로서 피어난 이 꽃
또한 그리 질 수 있기를

저 언덕에선

바람 없이도 꽃은 떨어져 내리고
밤새 비 내렸는데도 달맞이꽃 피었다
목쉰 저 매미는 누구를 위해 종일을 저리 울고 있는
걸까
온다는 기별 없었는데도
울 너머로 고개 내민 오월의 장미처럼
삽짝문 열어두고 온 날들을 서성이며
흘러오는 것들과
그렇게 가는 것들을 생각한다
아무것도 오래 머물 순 없음을
네가 오더라도 다시 가야 할 것임을
기다리는 이 허전함보다
떠나는 네 등 뒤에서의 애달픔이 더 크다는 것도
네 모습 보이지 않을 때까지
몇 번이나 살펴 가라고 손짓하지만
그러므로 떠나는 발걸음이 더 무겁다는 것도
바람 없이 지는 꽃 무심히 바라볼 수 있을 때까진
내가 가는 것이 더 나을지도 몰라
언제쯤이면 이 강을 건널 수 있을까

저 언덕에서는 지지 않고 피는 꽃 있을까
가슴 젖지 않는 사랑도 있을까.

발의 노래

이 발로 걸어오다.
먼 길

옹이 박힌 발바닥
무릎 꿇어 입 맞추다.

춤추듯 걷던 걸음 쫓아
온몸 끌며 따르던 긴 날들이 빚은 사리

가슴에 품어 귀 기울이면
발자국마다 돋는 노랫소리

눈부시던 웃음 뒤안에서
마른 땅 눈물로 적셔온 발의 노래.

바람처럼 저 새처럼

햇살 눈부시다
너를 보내기 좋은 날이다
어차피 보낼 수밖에 없는 거라면
이리 하늘 파랗고 볕살 눈부신 날이기를 바랬다
애초에 너는 그물로 가둘 수 없는 바람처럼
구름 높이 나는 저 새처럼
하늘에 속한 사람이었음을
그러므로 붙잡은 내 미련은 땅에 속한 것이었음을
그렇게 너를 보내고서야
나 또한 저 먼 별에 고향을 두고 왔음을 기억했다
오늘 너를 보내듯
언젠가 그날
눈부신 이 가을 볕살 아래 나도 그리 떠날 수 있기를
걸림 없는 바람처럼
그 바람 타고
저 높이 떠 흐르는 새처럼.

속리산(俗離山)

내 비우지 못한 것은 무엇인가.

이른 아침,
산에 든다. 속리산.

눈과 얼음 길 밟으며
이 흔적 사라질 것임을 안다.

나무들은 이미 비웠다.
모두 말을 놓고 고요하다.

얼음꽃 눈부시다.
언 밤을 지새워 피어올린 공덕

아름다움이 눈물겨운 것은
저리 온몸으로 꽃 피우고도 홀연히 사라지는 까닭임
을 본다.

나는 이제 무엇을 비웠는가.

당신이 웃고 있다.

산을 나선다.
떠나는 나를 붙잡지 아니한다.

짜시델레

짜시델레,
평안과 축복의 그 인사말을
떠날 때가 되어서야 익혔다
숨 멎을 듯 새파란 하늘
고원 위로 출렁이는 검푸른 호수
눈 시린 저 설산
가없는 평원의 야크와 양들의 무리
수 겹의 시간을 불어온 바람결에 펄럭이는 타르쵸의
깃발들
쉼 없이 부어지는 기름 속에서 꺼진 적 없이 타오르는
불꽃
그리고 당신
짜시델레
이 모든 것, 낯설지 않다
당신의 깊은 눈 속
내 오랜 가슴에서 떠오르던 아릿한 향수
언젠가 우리 그리 만난 적 있다
고갯마루에 올라 가뿐 숨결 속
오색의 타르쵸에 이렇게 썼다

짜시델레, 안녕 내 사랑
오체투지로 다가온 당신 앞에서
나는 많이 부끄럽고 크게 미안했다
이번 생에서
어느 한 순간이라도 그토록 오롯했던 적이 있었던가
당신 앞에
생의 모든 인연들 앞에
다시 돌아갈 수 있을까
저 타르쵸 아직 펄럭이고 있을 때
돌아가 남은 이 육신 잘게 부수어
물고기에게나 새들의 먹이로 공양될 수 있을까
그렇게 가벼워져서 새들로
바람으로나 다시 태어날 수 있을까
내 염원을 매어단 그 타르쵸
다시 펄럭이게 할 수 있을까
짜시델레
내 사랑 안녕.

파동하는 우주의

모든 것은 파동이라고 말했지
사랑하는 것 또한 파동하는 것이라고

바닷가에 곁을 둔 네가 그리워
산을 오른다
자꾸 올라도 이 산에선 바다가 보이질 않는다
네 이름을 부른다

미세한 파동조차 사라지는 건 없다고 말했지
 생각이 울리는 그 떨림까지 우주의 근원에 오롯이 가
닿는다고

 너의 이름은 건너 산을 잠깐 울리다가 사라진다
 네 이름 담은 이 소리는
 내가 보내는 이 파동은 어디까지 가닿은 것일까
 건너 저 산이 들었던 것처럼
 너의 곁까지
 너의 가슴까지 울린 것인가

우주는 물결치는 호수 같은 것이라고
그러므로 우리는 서로 파동 하는 물결이라고 말했지
그래서 삶 또한 파동인 거라고
끊임없는 파동으로 같은 물결을 출렁이게 하는 것이
라고

내가 발신하는 이 파동은
언제쯤 너를 출렁이게 할 수 있을까
내 존재의 우주 저 편에서
미소 짓는 너에게로 가닿아

자(尺)

여기 하나의 자가 있다

내가 지닌 그 잣대
작은 걸 재기엔 크고
큰 것을 재기에는 짧다
굽을 것을 재기엔 곧고
곧은 걸 재기에는 굽었다
여태 이 잣대로 재어온 세상
언제나 모자라거나 늘 지나쳤다

당신이 왔다

이 자로는 도무지 잴 수가 없다
어찌할 수 없어 다 놓고 그냥 본다
비로소 드러나는 당신의 모습
미소와 손길조차
저울 달고 자로 재려 했던 그 생각 놓은 자리
환한 미소와 따스한 손길
그제사 또렷하다

온 가슴으로 가득한 당신

여여하고 충만한 세상

무상(無常)을 위하여

환하게 피었던 꽃 처연히 지고
꽃 진 자리 봉긋이 열매 맺히는 것은
칭얼대며 보채던 아이가
다시 방실대며 웃는 것은
알에서 깨어난 그 어린 새가
어느새 힘차게 저리 하늘 솟구쳐 오르는 것은
이 모든 것이 무상하기 때문이다

속절없음으로 무너지던 자리
다시 딛고 일어서는 것도
떠나보내는 등 뒤에서
기다림의 노래 다시 부르는 것도
이 또한 무상하기 때문이다

만남과 이별이여
태어남과 돌아감이여
무상함으로 늘 새로움이여
나는 오늘 다시 태어나
온 몸 설레며 네게로 간다

언제나 새롭게 피어나는 나의 신부여.

내비게이션

낯선 길을 찾아가는 데는 내비만큼 유용한 게 없다
복잡한 거리를
오른쪽 왼쪽 하며 찾아가는 그 재주가 무척 신통하다
저것이 없었다면 길눈 어두운 내가
어찌 그리 찾아갈 수 있었을까
허나 그렇게 용한 그 내비가
당신을 찾아가는 데는 별 소용이 없다
자꾸만 딴 곳으로 데려가기 일쑤다
이 길은 내가 더 잘 안다고 내 아는 길로 가면
그리 가면 다시 되돌아온다거나
목적지로부터 더 멀어진다고 우기기도 곧잘 한다
아무리 내비가 길 안내에 똑똑하다 해도
길눈 어두운 내가 때로는
내비도 모르는 길을 알 수도 있는 거다
그렇게 내가 잘 안다고 믿는 그 길을
내비의 경고를 무시하고 달려가다가 문득 드는 한 생
각
　입력된 길만을 무조건 가리키는 한갓 기계인 저 내

비처럼

　나 또한 내게 입력된 그 내비의 길만 따라 달려가는
것이 아닐까

　당신에게로 곧장 가는 더 빠른 길을 제쳐두고

　내가 알고 있다는 그 길만 고집하며

　자꾸 에돌고 있는 것은 아닐까.

잃을 수 있는 길은 없다

길을 간다
한참 가다가 문득 어디로 가고 있는가
묻는다
갈 곳을 잊었다
되돌아간다
이미 올 때의 그 길이 아니다
길은 그새 달라져 있다
옛길을 따라 걷는다
이 길도 예전의 그 길이 아니다
이 또한 새로운 길
그렇게 모든 길이 새로운 길이다
모든 날들이 새로운 날인 것처럼
한참을 헤매다가 길 위에 주저앉는다
멈추어 있는 순간도 가고 있는 여정
헤매는 것 또한 여정의 하나이듯
벗어났다고 여겼던 길조차 새로운 길
길은 언제나 외길
이 여정에서 벗어날 수 있는 길은 없다
시간에서 한 순간도 벗어날 수 없듯

생의 여정에서
시간과 짝지어진 이 길에서 벗어날 수 없으니
잃을 수 있는 길 또한 없는 것
모든 길이 다만 앞으로 가는 한 길
되돌아가는 것 또한 나아가는 것
헤매는 것도
잃는다는 것도 없음을 기억한다면
세상의 모든 길들이
당신에게로 향하는 다만 그 한 길

여정의 시작

마침내 거기에 이르렀을 때
내 모든 여정이 끝났다 여겼다.

숱한 관문을 지나
마지막 안간힘으로 도달했던 곳
어디에도 들어갈 수 있는 문은 없었다
아예 문이 없는 그 자리에서
내 모든 기도(企圖)는 애초부터 무망한 것이었다
여기 오기까지 얼마나 애태웠던가
내 혼신을 바쳐 달려왔던 그 자리에서
부딪친 캄캄한 절망
죽음 같았던 그 좌절 앞에서 어찌할 수가 없었다
더 이상 붙잡고 지탱할 수 없는 자리
무너져 주저앉으며 모든 것 다 놓았다
이 여정이 내겐 마지막 남은 생의 의미였으므로
그것은 내 모든 것의 포기였다
완전한 항복
이 모든 것, 내 의지와 목숨을 넘어선 것이었음으로
내가 할 수 있는 것은 완전한 항복의 선언밖에 없었다

바로 그 한 순간
그토록 강고하던 문 없는 그 성벽이 송두리째 사라졌
다
빛,
그것은 온통 빛뿐이었다
어느 곳 하나 그림자 없는 빛으로 가득 차 있으면서도
텅 비어 청청하고 여여하고 충만한 그 자리
모든 경계 사라져 시공간조차 없는 그 곳
그것은 사랑이었다
그 순간 나라고 하는 그 의식이 거기에 없었음에도
무엇인가가 그것이 사랑이었음을 그리 느꼈다
하염없는 눈물과 함께 터져 나오는 웃음
마침내 그토록 그리던 그 자리에 나는 이르렀다.

내 여정의 끝,
이미 여정의 종점에 이르렀음으로
이제 더 이상 갈 수 있는 곳이 없는 것이었다
그렇게 이번 생의 여정은 마무리되는 것이었다
감사와 환희와 감동의 시간들을 지나면서

다시 나로 돌아왔을 때
그렇게 내 선 자리를 돌아봤을 때
온 천지 눈부시던 그 일상들이 서서히 그 빛을 바래기
시작했다
다시 나라고 하는 한 생각이 일어나고
넘어서고 사라졌다 여겼던 것들이 나타나며
나와 나 아닌 것의 경계 짓기를 계속했다
나는 나로부터 온전히 자유로워진 게 아니었다
나로부터의 자유가 어떤 것인지 한순간 맛보았을 뿐
그러므로 내 여정은 아직 끝난 게 아니었다
나라고 하는 그 생각이 남아 있는 한
나의 여정은 다시 계속되는 것이었다.

한 여정의 끝은 다시 다음 여정의 시작이었다
생이란 끝나지 않는 여정일까
여정의 처음은 언제나 설렘으로 가슴이 떨렸다.

돌아갈 땐

때 되어 나 돌아갈 땐
눈부신 가을 볕살 속의 하얀 저 차꽃처럼
봄물 오르는 남녘 바닷가
그 붉은 동백꽃처럼
마지막 순간까지 온 가슴으로 그리 피어 있다가
환한 그 웃음 머금은 채로
뚝하고 한 생을 떨굴 수 있기를
끝닿은 벼랑 끝에서 성큼 한 발짝 더 내딛듯
매달렸던 손 훌쩍 놓아버리듯
나 돌아가는
그 마지막 순간은 그렇게.

이번 생은

존재의 본질이 비록 몸 너머에 있을지라도
이번 생은 이 몸과 함께 간다

이 몸의 아픔은 나의 아픔
이 몸의 슬픔이 나의 슬픔이다

한정된 것들의 길이를 바라본다
그 덧없는 아픔의 시간들을

오늘 하루를 살았다는 것은
남은 하루가 줄었다는 것

따스한 네 손 다시 잡지 못하고
미안하고 고맙다는 그 말
소리 내어 다시 할 수 없는 그 순간이

마침내 피해갈 수 없는
어쩔할 수 없는 그 막다른 날이
그렇게 성큼 다가오고 있다는 것을

아침 붉새를 볼 때나
저녁노을을 볼 때
네 곁이 그리 애달파지는 것도

환한 네 미소 앞두고
절로 떨리는 가슴을 어쩌할 수 없는 것도

남겨진 시간들이
머뭇거리기엔 너무 속절없다는 걸
내 몸이 미리 그리 아는 까닭임을.

남은 날들을

돌아갈 때
그 떠날 날 미리 정한 뒤
날마다 오늘을 마지막이듯 산다고 너는 말하지만

나 또한 오래 머물진 않을 것이다
그리 서둘지 않아도
때 되면 절로 갈 것이다

너에게 오롯한 사랑
그 마지막 숙제만 끝낸다면

내 남은 날들을
고요한 연못 오롯이 저 산을 비추듯
너를 품다가
해넘이의 노을이듯 그리 저물 것이다.

서둘지 않아도 지는 저 꽃처럼
때 되면 남은 내 그리움 다 놓고
고맙다는 그 말만 남기고 그리 떠날 것이다.

고요한 중심 환한 미소

觀

안팎 동시(同視)

지켜보는 이를 지켜보는 자리

여여하다

고요한 중심
환한 미소

선 채로는

선 채로는 보이지 않는 것들
앉은 자리의 눈에선 가득하다
낮은 목소리의 너의 노래
귀 기울어 오롯하질 못하였구나
한 번도 그침 없던 그 노래를

내 노래는

내 노래는 침묵
옛 우물 그 깊은 바닥에서
이제 막 건져 올린
새롭고 오랜 울림
온몸을 연
빈 가슴으로만 들리는

저문 언덕에 서서

저 나무 새순 돋을 때
내 몸도 그리 움트고 싶었다
가을 깊어 저 나무 잎새 다 떨구고
빈 몸으로 하늘 가벼운데
아직 무엇을 붙들고 놓지 못하여
이 몸 이리 무거운가
쉬 어둠 내리고
새벽은 더디 오는데
긴 밤 이리 서성이는 까닭은 무엇인가
빈 가지들로 충만한 숲을 지나
저문 언덕에 온몸 귀 되어 서서
당신의 소식 묻는다
어디서 첫눈 내리고 있다

깨어 있는 사랑을

깨어 있기를.
이 아픔은 깨어 있지 못한 내 사랑이
너를 아프게 한 내 아픔이다.
저 너머에 가닿기 위해선
이 언덕을 넘어가야 한다.
봄 뜰에 핀 꽃이 저리 환한 것은
눈바람 매운 삼동을 온몸으로 견뎌내었기 때문이
아니라
오롯한 가슴으로 품어 안았던 까닭임을
그래서 저 꽃 속에는
아린 겨울향기가 그리 깊다는 것을.
밤새 가지를 뒤흔들던 바람이
꽃눈을 떨구고자 불었던 게 아니라
너를 일깨워
더 눈부시게 꽃 피우고자 한 것이었음을.
사랑이란 받아들이는 것
가슴을 열어 그냥 보듬어 안는 것임을
너를 향한 내 말 한마디,
눈길 한 번 그것이 사랑인지를

내가 나에게 다시 물어보기 전에는,
너의 아픔이 내 심장에 자리하기까지는
아직 알지 못했다.
깨어 있는 사랑이란
네가 되어 다시 너를 품는 것임을.

푸르게 깨어 있기를

미루다가 어쩔 수 없어 예초기를 든다
여름 그 타는 불볕에도 깊게 뿌리한 풀들이
집 안팎을 에워싸 어느새 무성한 숲을 이루었다
어차피 베어야 할 것들이긴 하지만
베지 않아야 할 것들이 그 속에 함께 있다
예초기를 메고 풀숲에 들며 만트라를 왼다
푸르게 깨어 있기를.

검을 익히고 싶은 때가 있었다
칼끝에 달린 생명의 무게로 푸르게 깨어 있고 싶었다
예초기 날은 너무 날카롭고
벨 것과 아닌 것들을 구분하는 내 생각보다
칼날은 너무 빨리 돌아가고
내 손길은 그 빠른 칼날을 따라가기엔 여태 서툴다
노란 꽃이 피어 있는 것을 보았는데
어느새 칼날이 그 꽃의 밑동을 잘라 놓았다
이건 베어야 할 것이 아니었다고 그제야
뒤늦은 생각이 따라온다
숨길을 모으고 예초기 칼날 끝을 주시하라고

그렇게 푸르게 깨어 있자고 다시 주문을 외지만
길들여지지 않은 예초기 칼날은 쉽사리 내 손길을 벗
어나
풀 속에 가려 있던 돌들에 부딪혀 칼날이 튀고
돌들이 튀어 정강이를 때린다
그 때마다 미안하다는 말만 되풀이 하다가
정작 내가 미안해야 하는 것은 돌에 망가지는 칼날인
가
그 칼날에 맞아 튀어 오른 돌멩이인가
그 돌에 맞아 아픈 내 다리인가 묻는다
생각하면 칼날에게도, 돌멩이에게도, 다리에게도,
속절없이 베어지는 풀들에게도 모두 미안하다
그렇게 미안하다는 말만 하다가
베지 않아야 할 것들을 함께 베고 있다
이 여름 모진 가뭄을 견딘 뒤 다시 잎을 추스르는 어
린 묘목도 자르고
가을을 기다리며 애써 꽃망울 매다는 국화도 자르고
아직 노란 꽃들 눈부신 수세미 덩굴도 자르고

오늘 미안하다는 그 말을 몇 번이나 했는가
그 때마다 이렇게 잘라진 것들이 몇 개인가 생각하는
그 찰나
내 의식이 놓친 칼끝은 수련을 심었던 항아리마저 깨어
놓았다
한 생명 앞에,
한 존재 앞에 깨어 있다는 게 어떤 것인지
왜 당신 앞에 푸르게 깨어 있어야 하는지를
깨어져 나간 항아리가
푸른 피 흘리며 잘려나간 여린 생명들이 다시 일깨운다

마지막 그 순간까지 푸르게 깨어 있기를.

오월의 너는

오월을 걷는다
사방 초록의 천지
물빛조차 진초록이다
출렁이는 초록의 복판을 헤쳐 네게로 간다
너는 그 초록 속 하얀 꽃
아카시 찔레꽃 같고
이팝나무 때죽나무 층층나무 꽃 같은
하얗게 그리 눈부신 꽃
초록빛으로 눈먼 내 눈을
초록바다에서 허우적이던 내 혼을 화들짝 깨우는
그 하이얀 꽃이다
그 아픔이다
오월의 너는.

예의

모진 겨울 추위를 온 몸으로 견뎌낸 뒤에
마침내 눈부신 봄으로 피어난
그 꽃들과 연둣빛 새 잎새들 앞에서
나는 잠시 눈길만 보내다가 스쳐 지나기 일쑤였다
눈부시게 피어난 그 아름다움을 감탄했지만
꽃과 연초록 이파리가 그렇게 피어나기까지 얼마나
애써 왔는지를
어떻게 긴 밤 그 모진 추위를 맨몸으로 견뎌왔는지는
묻지 않았다
그것은 생명에 대한
존재에 대한 예의가 아니었다
온몸으로 이 봄을 피워낸 그 풀들과 나무 앞에서
고맙다는 그 말조차 마음 모아 하지 못한 것은
그러므로 그것은 살아 있는 자의 가짐이 아니었다
고마워할 줄 모르는 그 가슴으로
무엇을 사랑하고 노래할 수 있을까
어느새 봄 저물어
온 사방 꽃 잎 속절없이 날리는 날
그제사 스스로의 무례가 부끄러워

혼신의 공양으로 봄을 꽃피어내는 저 여린 생명들
앞에
발길 오래 멈춰 서서 두 손 모은다

당신이 있어 이 봄이 있다고.

하얗게 핀

하얀 아침 안개 속
차꽃도 하얗게 피었다
찬 이슬 내리는
비어가는 들녘을 따라
억새꽃 하얗게 날리는데
너를 기다리던 언덕 위에도
구절초 하얗게 피어 있다
다시 빈 들녘에 서리 하얗게 덮이면
하얀 눈 소식 기다리다
너 그리움으로
또 얼마의 밤을 하얗게 새워야 할까
내 안에 사철 아련히 피어
여린 바람에도 흔들리는 하얀 꽃

차꽃에게 바치는

서늘한 가을 아침
말갛게 피어난 하얀 차꽃 앞에서
맨발로 춤춘다
지난 겨울은 너무 추워 사철 푸르던 잎새 모두 떨구고
봄 깊은데도 새 이파리 움 틔우지 못하는 네 빈 가지
바라보며
나는 봄 저물도록 가슴 졸였다
잦은 비 내린 뒤 늦게사 새순 움돋더니
이 가을 이토록 환하게 꽃 피웠구나
네 앞에서 두 손 모아 절하며
애썼다고
고맙다고 말하다가 돌아본 너의 길 너무 아득하여
모자라는 내 말은 놓고
온몸으로 춤을 춘다
서툰 내 춤은 하얀 네 꽃에 바치는 헌무(獻舞)
시린 이슬 젖은 내 맨발처럼
너를 향한 내 가슴도 젖어 있다.

시월 첫 아침

시월 첫 아침
열엿새 새벽달 옅어진 파란 하늘을 보다가
아침 볕살 너무 눈부시어
은목서 그 천리향 곁에 이불을 넌다
향기 젖은 아침이슬은 찬데
하얗게 차꽃은 이미 피어 있고
내 발길 멈춤했던 사이 구절초도 환하게 따라 피어나
어느새 가을 이리 깊어 간다
나의 지난 계절은 너무 많이 채웠으므로
이대로는 가을을 새롭게 맞이할 수 없으니
창자를 비우면 마음 따라 비워진다기에
열흘을 비운 몸으로 흙벽에 기대어 앉아 있다
천리향 그 향기 아낌없이 온 사방 퍼져나가
이불을 적시고 야윈 몸도 적신다
여태껏 발걸음 그리 사뿐하지 못했던 것은
붙잡고 놓지 못한 것들이 아직도 많은 까닭
나를 얽맨 것은 다만 나 자신이었던 것을
더 놓고 비워 나의 가을 채비 끝나면

한결 가벼운 걸음으로 저 들판 가로 질러
그만큼 넉넉해진 가슴으로 한 아름 가을을 품으리라
오늘 저녁 이부자리에서 가을 향기 깊어지리니
열이레 새벽달도 그리 눈부시리라.

포강의 철새를

산책길에 내가 포강(抱江)이라 부르는 그 작은 저수지
를 지날 때마다
가슴 조마하다
포강의 저 철새들이 놀라 날아가지 않기를
얼마나 먼 곳에서 날아와
이제야 겨우 지친 그 날개 쉬고 있는데
나로 인해 놀라 지친 날개 다시 퍼덕이며 날아가
몸을 쉴 다른 곳을 애써 찾아야 한다면
그건 생명에 대한 생명의 예의가 아니다
나는 지금 인간이 아니라
풀과 열매만 먹는 한 마리 고라니 같으니
내 모습 때문에 제발 놀라지 않기를
나는 숨을 죽이고 까치발 걸음으로 살며시 그림자 지
듯 지나간다
저 철새들이 이 겨울에도 잊지 않고
이곳까지 다시 찾아올 수 있다는 것은
아직 우리에게 사랑할 시간이 남아 있다는 증표
저 철새로 움돋고 꽃 피는 새봄을 다시 기대할 수 있
으니

철새여, 부디 이곳에서 한겨울을 탈 없이 잘 지내기를
참으로 행복하기를.

설야(雪夜)를 외우며

　속절없듯 가을 저물고 겨울 들머리 어디선가 첫눈 소식 전해지면 나는 몸살처럼 눈 내리는 밤이 그리워 김광균의 '설야'를 외운다 그러나 그 시의 첫 몇 행만 떠오를 뿐 나머지 행들은 머릿속에서 맴돌다 엉켜 있다 해마다 다시 겨울이 오고 첫눈 소식으로 목이 잠기면 매번 이 시를 다시 외워야 한다 그렇게 이 시는 내게 오래고 늘 새롭다 이 겨울도 눈에 대한 그리움으로 첫눈 소식 들리면 어김없이 다시 이 시를 외울 것이다 첫눈에 대한 헌시, 이것은 아픈 사랑들을 위한 내 의식(儀式)이자 당신에게 전하는 늦은 안부이다 그러다가 긴 겨울도 저물어 마침내 쌓인 눈이 녹고 빈 가지에 연둣빛으로 새순이 돋아 연분홍 꽃들, 온 산천에 피울음 토하듯 진달래 붉게 물들면 나는 그 봄의 눈부심과 그 처연함에 넋을 놓으며 눈 소식과 함께 겨우내 읊조려 왔던 이 시 또한 까마득히 잊을 것이다 그러나 한 계절의 시작은 언제나 그 끝에 닿아 있으니 여름과 가을을 지나면 어김없이 겨울 또한 돌아오리라 그렇게 다시 겨울을 맞으면 벽장 속에서 오랜 겨울 외투를 꺼내 입듯 내 가슴 한 켠에 깊이 묻혀 있던 시, 설야를 다시 끄집어내

어 눈 오는 밤엔 소리 높여 읊으리라 촛불을 밝힌 토방
에서 당신의 눈 속에 출렁이던 그 남녘 바다를 바라보
면서 하얀 알몸 그대로 바다 속으로 자맥질하여 쌓일 길
없는 그 가련한 남녘 포구의 눈꽃들을 위하여 겨울 깊어
질수록 더욱 아려오는 발끝에 박힌 묵은 동상처럼 눈 내
리는 밤이면 더욱 선연한 젊은 날들의 상흔들 타다가 남
은 내 오랜 그리움을 위하여 다시 오는 진달래 붉게 피
어나는 그 아린 봄을 위하여 기억 저 편에서 젖어오는
빈 가슴들을 위하여 설야, 그 싸늘한 추회를 나는 다시
읊조릴 것이다.

비쓰따레

가쁜 숨결로 달려갔을 때
'비쓰따레' 하고 당신이 말한다
천천히
서두르지 말고
설산을 향해 가파른 숨길로 올랐던 그 때도
날숨과 함께 했던 그 만트라
와락, 온몸으로 뛰어드는 그 순간
비쓰따레 하고 주문처럼 울리는 이 말은
허둥대는 내 몸짓을 멈추어
비디오 화면의 느린 동작처럼
라르고(largo) '아주 느리게'로 작동한다
먼 바다로 나갔던 배가 가쁜 숨길로 귀항하면서
전 속력으로 달려오다가
엔진을 역회전시키며 아주 느린 속도로 접안하듯
비쓰따레
당신 앞에서 달려오던 걸음 늦추고 숨결 고르며
아주 느리게로 다가갈 때
꽃잎처럼 열리는 당신의 가슴
그제야 선명하다

비쓰따레
큰 물결이 지난 뒤의 파도 더 깊게 젖어든다.

의식의 편향

꽃 피고 새순 눈부신 계절
봄볕 한 가운데 앉아
혼례의 청첩장과 장례식 부고를 나란히 받았다
웃고 있던 내 눈에서 눈물이 났다
환하게 꽃 피어나는 그 발치에 우수수 떨어져 내리는
꽃잎들
그렇게 지는 것들과 다시 피는 것들 사이에서
피어나는 봄날의 처연한 눈부심처럼
삶이란 그 사이의 한 순간임을 언뜻 보았다
죽음이란 것 또한
죽어 있는 것과 다시 태어나는 것 사이에 있는 것일까
지금 나는 내가 보고 싶은 것만 보는 것인지도 모른다
싶었다
삶이란 그저 착시(錯視) 현상 같은 것일지도
죽음이라는 것 또한 내 의식의 편향(偏向)일 수 있을
거라고
살아 있다는 그 생각이 죽어가는 것임을 잘 알지 못하
게 하듯

너를 곁에 두고자 하는 내 갈망이
죽음이란 다만 삶의 다른 모습임을 알지 못하게 하는
것일지 모른다고.

남은 여정은

아직 먼 길이다
행장을 꾸릴 때마다
그 짐의 무게가 이번 생의 무게라는 말은 잊지 않았다
매번 놓고 비웠다는 게
그래도 한 짐이다
모든 걸음이 감사와 축복이기를
내 만트라는 내 걸음보다 뒤처지기 일쑤여서
내 안에서 거친 것들이
때로는 날 것인 채로 불쑥 솟구치기도 한다
천 년이 지난 뒤에도 움터났다는 그 묵은 씨앗처럼
오랜 것들이 아직도 이리 깊게 배어 있었다니
맞서 다툰다는 게 본시 무망한 짓
이 또한 함께 보듬고 가야 할 길이다
내 걷는 모든 길들이
저 수미산 안팎의 코라를 도는 것과 같다면
가쁜 숨결 속에서도 챙겨야 할 것은
이미 닿아 있는 그 길을
다시 다가가고 있음을 잊지 않는 것이다

지나온 여정들의 그 휘청거림이
헤어진 적이 없는 당신을
못내 그리며 찾아 헤매던 발자취였음을
그러므로 남은 날들의 내 여정은
모든 짐 훌쩍 놓고
걸음마다 가볍고 상큼하기를
비갠 아침 유월 숲속을 출렁이는 저 푸른 바람처럼.

세상의 분류법

어렵사리 히말라야 자락 돌아 에베레스트를 본 뒤로
세상 사람들을 히말라야를 본 사람과
못 본 사람으로
또는 에베레스트를 본 사람과
그렇지 못한 사람으로 나눌 수 있다는 산꾼들의 주장
에 동의해 왔는데
박새가 우체통에 둥지 틀고는
한 달여 동안 꼼짝 않고 알을 품다가
새끼 여섯 마리를 부화한 다음
수척해진 몸으로도 다시 벌레 물어와
어린 목숨붙이들을 먹여 키운 뒤
오늘 그 여섯 마리 새끼 모두 알둥지 밖 유월 하늘로
훨훨 날려 보내는 것을 보고는
세상은 새끼 박새 여섯 마리가 부화하기 전과
이 행성에 그 박새 여섯 더 보태진 후로
나눌 수도 있음을 생각한다.
그렇듯 내가 이 행성에 태어나기 전과 그 후

당신을 사랑하기 전과 그 후
또는 사하라나 고비사막 그 어디쯤에서
왕방울 같은 별떨기 무더기로 쏟아지는 그런 밤하늘을
보기 전과 그 후
아니면 비갠 하늘에 돋은 쌍무지개를 본 이들과
아직도 보지 못한 안쓰러운 이들로 나눌 수도 있다는
것을
이 모든 것들이 다 세상을 구분짓는 분류법이 될 수
있다는 것을
그런 까닭에 저마다의 그 발걸음마다
이 지구가 따라 휘청거린다는 것을 생각한다.

호오포노포노의 기도

내 사랑에 바칠 꽃 꺾는
설레는 내 손길 잠시 멈추어
그 꽃에게
미안합니다
용서하세요
고맙습니다
사랑합니다
이 말 잊지 않게 하소서.

내 사랑에 달려가는
서두는 내 발길 잠시 멈추어
발 아래 풀벌레에게
미안합니다
용서하세요
고맙습니다
사랑합니다
이 말 잊지 않게 하소서.

내 손길에 꺾이는 꽃의 아픔과

내 발길에 밟히는 풀벌레들의 슬픔이
내 사랑과 하나로 오롯이 이어져 있음을
내 사랑을 향한 내 눈길이 먼저 보게 하소서

하늘 맑은 날이나 비바람 흐린 날에도
내 사랑 앞에선 언제나 떨림으로 서서
미안합니다
용서하세요
고맙습니다
사랑합니다
이 말 잊지 않게 하소서.

지켜보기 (觀)

하나의 끝점이
새로운 시작의 그 처음이다

끝과 시작이
하나로 휘도는 거센 소용돌이
그 출렁임 속에서
당신을 본다
당신을 보는 나를 보고

안팎 동시 (同視)
지켜보는 이를 지켜보는 자리
여여하다

고요한 중심
환한 미소.

밥 모심의 노래

하늘이여
스승이여
천지부모의 은혜로운
젖을 받습니다.

이 젖에 함께한
숨결이여
손길이여
고맙습니다.

정성으로 모시어
하늘사람으로 밝게 닦겠습니다.

하늘이여
스승이여
감응하소서.

공양(恭養)

당신을 모신 자리
아침마다
맑은 물 한 그릇 올리고
향(香) 한 대 피워 사르는 것
내 공양의 전부
한 개비의 향 타는 동안 삼배(三拜) 드리고
이번 생과 지난 생들의 인연을 생각한다
어쩔 수 없는 시간의 출렁이는 강들을 넘어
모두 여기에 닿아 있다
이 그물망을 모두 내가 짠 것인가
남쪽 바닷가에서 전해 온 꽃소식 들은 뒤
꽃병에 꽂아둔 매화가지 하나
밤새 꽃 피어 그 아린 향 그윽하다
내 가난한 법당에도 가득한 봄 향기
이 아침 향 피워 사르지 않아도
절로 향기 넘친다
청수(淸水) 한 사발만으로도 풍성한 공양이다.

꿀 한 숟갈

튼 입술에 바르려고 작은 종지에 덜어놓은 꿀 한 숟
갈, 너무 오래 되어 굳어 있다 개수대에 담가 씻으려
는 무의식적인 내 손길을 이 꿀에 담긴 벌들의 수고가
떠오르며 멈추게 한다 한 방울의 꿀을 모으기 위해 얼
마나 많은 벌들이 얼마나 숱한 꽃들을 찾아 헤매었을
까 꽃과 벌통 사이 그 오간 거리는 얼마나 될까 이 꿀
에 얼마나 많은 벌들의 날갯짓이 담겨 있을까 차마 버
릴 수 없는 것, 한 방울도 남김없이 싹싹 긁어 먹는다
꿀이 혀에 닿는 순간 아, 이 달콤함을 만들기 위해 꽃
들은 또 얼마나 많은 날들을 애를 썼을까 그 꽃을 피
우기 위해 그 나무와 풀들은 어떻게 그리 마음 모아
왔을까 꽃을 피우기까지, 그 꽃에 달콤한 이 꿀이 만
들어지기까지의 그 헤아릴 수 없는 관계를 그 인연들
을 생각한다 무량수(無量數), 가없는 시작과 끝이 한
방울 꿀 속에 닿아 있다 두 손 모은다.

사과 한 입

아침에 하얀 접시에 놓인 사과 한 입을 베어 물고 이 사과가 이 행성에서의 마지막 사과라면, 지금 내가 그 사과를 맛보는 것이라면, 아니 지금 이 사과를 먹는 것이 이 지상에서 내 마지막 식사라면. 온 몸에서 소름이 돋아난다. 이 사과가 이 행성에서의 마지막 그 사과이고 이 식사는 이 지상에서 이 사과와 함께하는 그 마지막 식사라는 생각이 머리를 친다. 매 순간이 처음이자 그 마지막이듯 이 사과는 이 행성에서 오직 하나뿐인 그 사과임을, 이 식사는 그렇게 차려진 단 한 번의 그 식사임을. 그냥 삼키려다 다시 꼭꼭 씹으며 한 입 그 사과의 맛에 집중한다. 이 맛, 이 향기에 담긴 이 사과의 이야기를 포도주 한 모금으로 그 품종과 산지, 생산년도와 숙성법까지도 알아낼 수 있다는 저 와인감별사들처럼 나도 이 사과가 전하는 그 이야기를 들을 수 있을까. 이 사과는 어디서 자란 것일까. 사과 꽃이 필 때, 사과가 익어갈 때 그곳의 햇살과 이슬과 바람은 어떠했을까. 이 사과가 매달린 어미 사과나무는 어떤 상태였을까. 그 밭은 사과나무와 그 사과밭의 다른 생명들이 서로 어울려 사이 좋은 그런

터였을까. 사과밭 주인의 눈길과 손길은 또 어땠을까. 생각이 생각을 이어 한꺼번에 밀려온다. 그 생각에 음식을 먹을 때는 그 맛과 하나가 되라는 경구까지 더 보탠다. 이것은 다만 한 생각, 다시 그 맛으로 돌아온다. 입안의 모든 감각에 집중한다. 입과 혀의 감각. 이 맛, 이 향기, 이 촉감만으로는 한 입 사과가 전하는 그 이야기를 미처 알아듣지 못한다. 내 몸의 감각들이 어느새 모두 눈 멀어 있다. 그런 눈먼 내가 지금 할 수 있는 것은 다만 이 사과에, 이 사과로 이어진 그 모든 인연들에 감사하고 이 맛을 찬양하고 맛있게, 즐겁고 기쁘게 받아 모시는 것뿐임을. 그렇다. 이것은 하나의 예배. 거룩한 모심, 생명이 생명을, 하늘이 하늘을 모시는 그 공양이다. 내가 나를 위한 제사와 잔치. 그러니 지금 사과 한 입의 이 모심은 이 지상에서의 마지막 식사이자 그 처음인 식사이다. 아니 내게 생명으로 모셔진 이 사과와의 합일의 자리, 그 초례청이다. 그 합일의 설렘, 그 감격과 환희. 나는 온 몸을 떨면서 한 입 사과를 내 안에 모신다. 지금 한 입의 사과가 나와 하나 되고 있다. 거룩한 혼례.

간 맞추기

간이 맞아야 하는 건 안동 간고등어만이 아니지
음식의 맛을 좌우하는 건
재료도 재료이겠지만
아무래도 간이 잘 맞아야 하는 거라고
그래야 재미가 있어
음식 솜씨란 결국 어떻게 적절히 간을 맞추는가에 있
는 거지
간이 맞아야 하는 게 어디 음식뿐이겠어
말하는 데도
글을 쓰는 데도
다 적절하게 간이 맞아야
듣는 재미도
읽는 맛도 쏠쏠한 거야
인생이라고 별반 다를 게 없지
살맛나는 인생살이란 간이 잘 맞는 그런 삶 아니겠어
간이란 판소리 가락에 넣는 추임새 같은 거지
적절한 추임새에 덩실 어깨에 흥도 오르고
엉덩이도 씰룩 신명 나는 거라 하겠지

그러니 남은 날들은
저마다 제 인생에 추임새 넣듯 간을 맞추며 살아봐
너무 싱겁거나
너무 짜고 매운 삶 말고
간이 잘 맞아 살아갈수록 재미 있는 그런 삶.

그것

나는 잎새
푸른 이파리 한 닢
움돋아 잎 지는 한 생애
새 봄 연둣빛으로 잎 돋아나
이슬 머금고 햇살 듬뿍 받으며 눈부셨다
얼굴을 스치는 산들바람과
사방에서 피어난 꽃향기에 설레었다
같은 잎새를 사랑하지 못하고 꽃을 사랑한 것은
어찌할 수 없던 내 운명
저무는 봄날 환한 볕살 속
바람 없는데도 내 사랑 홀연히 졌다
꿈결이듯 그 짧은 사랑이 애달파
남은 계절이 다하도록 목메었지만
내 사랑 다시 피어나지 않았다
속절없는 이별을 배운 뒤로
여린 바람에도 가지 끝 움켜쥐며 떨었고
작은 풀벌레조차 두려웠지만
볕살이 짧아지는 저문 가을까지
잡았던 가지 놓지 않고 용케도 견뎌 왔다

그렇게 매달려 온 것은 내 사랑에 대한 미련 때문이었
을까
그러나 이젠 떠나야 할 때
찬 이슬 내리고
푸르렀던 몸도 누렇게 바뀌어
기다림의 끝에 이르렀다
내 사랑 안녕
그렇게 나의 한 생애가 저물었다.

나는 나무
내가 잎새와 꽃을 피워냈다
잎새와 꽃은 나의 한 모습
해마다 새순을 움 틔우고
눈부시게 꽃을 피워낸다
내 몸은 꽃 피고 잎 지는 수많은 세월을 남김없이 기
억한다
나이테에 기록된 숱한 세월들
그러나 나 또한 언젠가 돌아가야 하리라
내가 맨 처음 씨앗이었을 때부터

여태껏 나를 품고 키워온 어머니 그 대지의 품으로
그 품에서 다시 잠들어야 하리라.

나는 대지
모든 것들의 씨앗을 품어 푸르게 길러낸다
살아 숨 쉬는 것들은 모두 나의 자식
내 피와 살로 키운 나의 분신
모든 목숨붙이들이 내 품에서 태어나고 내 젖을 먹고
자라다가
때 되면 다시 내 품으로 돌아온다
저 아름드리 우뚝한 나무
그 처음의 씨앗 또한 내가 움틔우고 꽃 피웠으며 열매
맺게 했다
언젠가 저 나무 제 몸을 다시 내 품에 묻을 것이다
내 품에선 태어남과 돌아옴이 하나이다
피어남과 다시 지는 것이
지는 것과 다시 피어나는 것이 이어져 있다.

나는 지구

푸르게 빛나는 별 하나
대지는 나의 가슴
나는 모든 대지와 모든 대양
모든 산맥과 강을 품고 있다
나는 여럿으로 이루어진 한 그루 생명의 나무
잎새가 움텄을 때 이슬이 맺히게 하는 것도
그 이슬에 햇살이 빛나게 하는 것도
꽃이 피어났을 때 나비가 날아오게 하는 것도
내 품에서는 하나이다
나비가 꽃이며 꽃이 잎새이며
푸른 이파리가 또한 눈부신 햇살이다
태양과 은하계를 쉼 없이 순례하는 것이 나의 기도
나는 닫혀 있고
열려 있는 원
떠나는 것이 다시 돌아오는 것이다
아침 붉새와 저녁노을 그 낮과 밤
꽃 피고 잎 지는 봄과 가을
그 사계 또한 내 사랑이다

나는 우주
지구와 해와 달 그 모든 별들을 품은 은하계
모든 거대한 것들과
모든 미세한 것들이 다 내 안에 있다
나는 그 모든 것들이 태어나는 자궁이자
다시 잠드는 블랙홀
나는 떨림
내 가슴의 떨림 속에서
별들은 이른 봄의 새순처럼 돋았다가
늦가을 낙엽처럼 떨어진다
나는 모든 것들을 다 품고 있으면서
헤아릴 수 있는 그 모든 것 너머에 있다

나는 그것
텅 비어 가득하고
없음으로서 있는 자리
빅뱅 이전에도 있었고
이 우주 이후에도 있을
여여하고 충만하고 오롯한

그것

나는 그것에서 피어난 잎새 한 닢
그 이파리 한 닢 속의 여여한 그것.

易

한 겨울을 지나 태중의 봄 깊었으니
본시 하나인 것을 놓치지 않음이
오래 길하다
먼저 꽃으로 피어야
눈부신 나비춤
절로 즐길 수 있으리라

환한 꽃

여기
한 송이 꽃 피어
충만한 우주

지금 그 자리
환한 꽃
당신

나는 한 송이 꽃

나는 바람
처마 끝의 풍경 가만히 흔들어
깊은 골의 적막 깨우는
한 자락 맑은 바람

나는 비
가뭄에 타는 흙가슴
촉촉이 적시는
한 줄기 단비

나는 물결
외딴 섬 기슭에 밀려와
그리움으로 온 밤 뒤척이는
한 이랑 작은 물결

나는 고요
큰 바람으로 불어왔다가
큰 비로 쏟아져 내리다가
거친 너울로 솟구치다가

다시 숨결 고르는
한 점의 고요

그리고 지금
나는 한 송이 꽃
당신 향한 셀레임으로
온몸 떨림 가득 피어나는
한 송이 작은 꽃

봄볕

볕살 살짝 졸음 겨운 날
볕바른 집 뜨락 오랜 목련도
터질 듯 부푼 몸 이제 풀겄다
밥상에선 냉이향 구수하게 피어나겄다
뒤란의 벚꽃 우수수 흩날리면
뒷산 진달래 꽃잎 따다
화사한 꽃부침 잔치로 미리 설레는
여태 철없는 안주인 그 환한 웃음소리
담 너머로 넘쳐나겄다
온 사방 물결처럼 꽃소식 밀려들겄다
꽃멀미로 봄밤을 다시 앓겄다.

마지막 꽃잎

먼저 피었던 꽃 다 지고
마지막 남은 한 송이 꽃대 자르려다가
내 손 멈추는 것은
시방 어디선가
이 꽃을 향해 날아오고 있을
그 나비와 벌
마지막 입맞춤을 위해서
혼신을 다한
마지막 그 황홀한 이별을 위하여.

봄 밥상

봄 밥상을 받다
연초록 봄나물로 가득한 밥상
집 뒤란 산자락 볕담에서 모셔왔다

한 두어 가지만 살짝 데치고
다른 나물들 날 것인 그대로 올렸다
밥상 위에서 봄빛 더 눈부시다

하얀 접시 위
연초록으로 빛나는 알몸 옆에
노란 수선화 한 송이 곁들였다

입 맞춘다
눈을 감고 온 몸으로 느낀다
향긋한 이것은 햇쑥
알싸한 이것은 달래

산부추와 머위와 참나물
냉이와 원추리 돈나물과 취나물

쌉쌀하고 시큼하고 맵싸하고 은근한 단맛

봄 밥상에서 풋풋하게 다시 돋아나는
연둣빛 생생한 그 봄맛
입 안 가득한 새봄의 향연

비갠 아침에는

비갠 아침에는
소리 내어 안부를 전하자
이리 살아있음을

비갠 아침에는
소리 내어 그 이름을 부르자
이리 그리워 할 수 있음을

다만 살아있다는 것만으로도
이리 그리워할 수 있다는 것만으로도
얼마나 고맙고 또 눈물겨운 것인지를

성큼 다가와 선 앞산처럼
젖은 몸으로도 환히 피어나는 저 꽃들처럼
그렇게 우리 서로 안부 전하자
소리 내어 그 이름을 부르자

비갠 아침에는.

봄 마중

꽃소식 듣고
봄의 들머리에 나가 앉았다
붉은 매화 먼저 피어 어느새 지고 있다
속절없는 그 봄길 걸어 네가 왔다
나를 빚은 이가 너도 빚었는가
마주 안은 심장이 함께 울린다
네 안에서 들리는 깊은 강물소리
함께 그 강을 건널 수 있을까
봄을 마중하는 자리가
꽃이 지는 자리이기도 하다는 것을
네 슬픔이 내 슬픔이다
봄이 눈부시어 서러운 까닭을 알아
빛나게 너를 보는 것이
빛나는 나를 보는 것이다
바람 없이도 꽃잎 흩날리는 봄 그늘에서
네게 삼배(三拜)한다

네가 나를 빚었다.

속삭임

어둑새벽 머리맡에 날아와 하루를 깨우는
새소리에서
간밤에 내린 비로 불어난
개울물소리에서
우두둑 연잎에 돋는
빗소리에서
저무는 가을밤을 밝히는
풀벌레 소리에서
찬바람 따라 서걱대는
마른 잎 구르는 소리에서
캄캄한 먹구름 찢고 울리는
우렛소리에서
귀에 와 닿는 세상의 그 모든 소리에서
오롯하게 들리는 건
더운 가슴으로 전하는
당신의 속삭임.

하늘 창(窓)

꽃을 피우는 것은
하늘의 창(窓)을 여는 것이다
한 송이 꽃이 필 때마다
하늘로 향한 창 하나씩 열린다
별들이 피어나
밤하늘에 꽃등을 매어다는 것처럼
꽃들이 피어나
하늘의 창을 활짝 여는 것이다
네가 피어나고
내가 피어나면
온 세상이 그래 환해지는 것이다.

꽃으로 피면 나비 춤추리

바람이 분다
깃발은 사방으로 펄럭인다

빛깔과 내음 그 기운이 사뭇 다르다
걸림 없고 거침이 없다

커다란 용이 제 몸을 뒤틀어 꼬리를 물고 있다
안팎의 경계는 어디인가

바뀌는 하늘과 땅
양 극을 거쳐 다시 제 자리로 왔으나
옛 자리가 아니다

한 겨울을 지나 태중의 봄 깊었으니
본시 하나인 것을 놓치지 않음이
오래 길하다

먼저 꽃으로 피어야
눈부신 나비춤

절로 즐길 수 있으리라.

먼 별 하나

밤새 큰비 내린 뒤
말갛게 비갠 아침
얼마나 많은 별들 떨어졌을까
환하게 피어난 노란 달맞이꽃
당신이 온 별은 거기 있을까
꽃 앞에서 떨고 있던
당신과 함께 떨리던
파르라니 먼 그 별 하나

말랑한 우주

하얀 나비 한 마리 초록의 숲을 날고 있다
초록 숲의 바다 위를 하얀 물새가 날고 있다
진초록 깊은 바다 속을 은빛 물고기 유영하고 있다
온 사방 출렁이는 바다
나비가 물새가 되고 물고기가 되었다
참 말랑말랑하고 유연한 우주

풍등

풍등을 띄운다
정월 열엿새 밤, 비로소 오늘 만월이다
'오롯한 사랑, 옹근 하나'라고 쓴다
생의 마지막 날들을 위한 그 만트라
다시 온다면
새처럼
바람처럼 가벼웠으면 했지
풍등은 바람보다 가볍게
새보다 높이 솟구쳐 오른다
초저녁 빛나던 별들도 제 빛을 가린 채
온 사방 모두 숨 죽여
지상에서 새로 돋는 별 하나 지켜본다
텅 빈 하늘, 풍등 하나로 충만하다
더하고 덜할 것 없다
풍등의 불빛 하늘 아스라이 사라진 뒤
그제사 별들 다시 돋아난다
저 풍등 가닿는 곳 어디인가
겨우내 허허롭던 가슴 환하게 밝아온다
어느새 가슴 속 별 하나 밝게 떠 떠올랐다

남은 길 어둡지 않겠다
꺼지지 않을 풍등 하나
거기 당신이 환하게 웃고 있다.

내 사랑의 내음

내 사랑은 산의 딸이었다
내 사랑을 품으면 풋풋한 산내음이 났다
산에 피어 있는 온갖 것들의 향기
사철 그 내음이 달랐다
늦가을이면 노란 산국(山菊)의 향이 유난했다
내 사랑은 깊은 산내음으로 흠뻑 젖었다

내 사랑은 바다의 딸이었다
내 사랑에선 소금기 머금은 갯내음이 났다
바다 속의 퍼덕이는 것들과
갓 건져 올린 해초들의 싱싱한 내음
파도에 구르는 조약돌 소리까지 어울려
내 사랑은 비릿하고 달콤했다

내 사랑은 바람의 딸이었다
오늘은 모래언덕에서 지는 별을 헤이며
내일은 설산 위로 뜨는 달빛에 잠을 청하는
내 사랑은 가둘 수 없는 바람의 향기였다
초원의 풀내음과 사막을 달군 볕살로 빚은

내 사랑은 서늘하고 뜨거웠다

내 사랑에선 산과 바다와 평원
그 모두를 품고 온 바람의 내음이 났다
아기 배냇젖 내음과 오랜 나무의 송진 냄새
비갠 아침의 흙내음과 가을볕살의 사과향
그 아련하고도 새큼달큼한
세상 모든 엄마의 내음이 가득했다.

몸으로 존재하는

사랑하는 이여,
그대는 내게
몸으로 여기에 존재하는 이유가 무엇이냐고 물었다

사랑하는 이여.
내가 몸으로 여기에 있는 것은
몸으로 드러나 있는 그대를 사랑하기 위해서이다

그대가 몸을 갖고 여기에 오고자 했을 때
몸으로 오는 그대를 위해
나 또한 몸으로 와서 그대를 기다렸다

이 몸이 없이는
몸으로 오는 그대를
몸으로 사랑할 수 없는 까닭이다

그러므로 이 몸은
몸을 가진 그대를 사랑하기 위한
몸으로 드러나 있는 나이다

몸 너머의 사랑을 갈망하는 그대여.
이 몸 이전의 우리 사랑이 그러했고
이 몸 이후의 사랑이 또한 그러하다

지금은 여기 이 몸의 사랑에 오롯할 때
그런즉 그 몸을 사랑하고
그 몸으로써 사랑하라

몸은 신성을 모신 사원이라고 말하지만
사랑하는 이여.
몸은 드러나 있는 신성이다

몸으로서 몸을 모시는 것이
몸으로 드러나 있는
지금 여기서의 우리 사랑인 것은 이 때문이다

수술

눈부신 집중조명을 받고
수술실에 누웠다
속살을 드러내고 누운 모습이
흡사 표본실 개구리 같다는 생각에 설핏 웃음짓는 사
이
척추 마취로 가슴 아래엔 감각이 없는데
의식은 더욱 명료하다
메스를 대고 자르고 꿰매는 느낌들이 감각 너머로 전
해진다
문득 자신의 생살을 갈라 새 생명을 출산하는
그 어머니들의 고통과 인내가 어떠할지 가슴이 저며
온다
'모든 이들이 탈 없이 잘 지내기를
모든 이들이 참으로 행복하기를
생명이 있는 것이면 어느 것이든 하나도 빠짐없이'
절로 떠오르는 자비경을 외다가
나 또한 생명이 있는 것들 가운데 그 하나임을 생각
한다
세상을 위한 기도가 곧 나를 위한 것임을

마취가 풀리기까진 제법 오랜 시간이 걸린다
꼼짝없이 누워
시멘트 덩어리 같은 감각이 다시 깨어나기를 기다리는
동안
봄을 기다리며 모진 겨울을 견디고 있는
미안하고 고마운
그 여린 목숨붙이들을 생각한다.

이른 아침의 안부

바다물빛은 짙은 녹색이다
그 바다의 아침 안개 속을 헤쳐
당신은 내게로 왔다
조그만 배 가득 실은 자질구레한 물건들
무엇을 사고팔기엔 아직 이른 시각
당신은 내세 간절힌 눈빛으로
오늘 하루의 생계를 위한 첫 손님이길 원했다
나는 당신이 싣고 온 것들이 차라리 꽃이었으면 싶
었다
그 물건들이 내겐 필요 없다고 말하려다가
당신의 눈빛이 말하는 것은
그것들의 소용이 아니었음을 알았다
나는 망고 하나를 사며
두 손을 모아 당신의 오늘 하루가 행복하기를 하고
인사하자
당신은 얼굴을 가렸던 베일을 내려
고맙다며 온 얼굴로 환히 미소지었다
환한 그 얼굴은 내가 가는 곳마다 언제나 함께한
환한 당신이었다

눈길이 멈춰 선 한 순간의 적막이 지난 뒤
우리는 서로 안녕이라고 말하며 손을 흔들었고
당신은 거울처럼 고요한 바다 위를 멀어져 갔다
오늘 이른 아침
그 짙은 녹색 물빛의 바다 위에서 우리가 사고 판 것
은
물건이 아니었다
미소 한 자락과 한 움큼의 슬픔 그리고
우리가 서로 이렇게 살아 있음에 대한 감사의 안부
였다.

아침시장의 첫 손님

아침이 열리기 전에 아침시장에 나가
시장이 열리기를 기다린다
나는 오늘 이 시장의 첫 손님
이제 막 멀고 가까이서 밤새 다듬어 온 정성들을
하나 둘씩 좌판대 위에 늘어놓는다
밍글라바, 안녕하세요
인사와 축복을 함께 담은 이 말을 서로 건네며
이 아침 첫 거래는 그렇게 주고받는 미소이다
나는 오늘 아침시장의 첫 손님으로
땅콩 한 줌과 바나나를 사며
고맙다는 그 단어가 얼른 생각나질 않아
두 손을 모으고 합장하며 미소 짓는다
그렇게 하루의 아침을 열고
돌아오는 길
오랜 파고다 위로 아침 햇살이 비치고
붉은 꽃 페이퍼 플라워가 사방에 환하다
째주떼마레
고맙습니다란 말이 그제야 생각난다
아침시장의 눈빛 맑은 오누이의 수줍던 그 미소와

함께
아침밥상이 풍성하다.

다시 히말을 오르며

게으른 몸
집 뒤란에 산을 연하여 두고도
이 산을 오른 지 몇 계절만인가
계절이 바뀔 때마다
사철 흰 눈을 이고 눈부시던 그 히말 설산 타령만 일삼
다가
그 새 이 뒷산을 잊고 있었다
세상의 모든 산들이 저 성산 히말과 이어져 있음을
진작 그리 알았음에도
밤마다 설산을 바라보는 꿈만 꾸고는
몇 계절을 그냥 보냈다
오늘 다시 멧돼지 고라니 다니던 옛길을 더듬어 오르며
이 산의 능선을 내쳐 걷고 걸어 그 길 이으면
세상의 강들이 흐르고 흘러 바다에 가닿듯
마침내 다다를 그 눈부신 설산을 그린다
지금 내딛는 이 한걸음이 저 성산 히말에 가닿는 그 한
걸음임을
벅찬 가슴으로 오르는 뒷산

나는 지금 그 설산 한 자락을 오르고 있다
성산 히말이 그렇게 내게 걸어오고 있다.

구상나무 아래서 잠을 깨다

오월의 소백산에 든다
산자락엔 봄 한창인데
비로봉 언저리 신갈나무 사스레 물푸레나무 아직 새
순 멀었다
바람에 기대어 먼저 누웠던 풀들만 서둘러 깨어나
노랗고 하얀 꽃 눈부시게 피웠다
초록의 땅에서 돋아난 별들
생명의 기운은 이렇듯 낮은 곳에서 솟아나는 것임을
비로봉 바람 심하여 어렵게 한 대의 향을 지피고
삼배 올리며 내려오는 길
천년의 주목을 만난다
가만히 안으며 서로의 안부를 전한다
이 산에 든 지가 언제였던가
어느새 십 수 년이 흘렀다
그 새 이 나무들 더욱 의젓해졌는데
내 나이테는 어떻게 새겨지고 있는가
산기슭으로 내려와 돌아보는 소백산 하늘 위
어느새 보름달 떠올라 온 사방 충만하다

밤 저물어 나무 아래 잠자리를 편다
골짝을 울리는 물소리 기대어 별들을 헤다가 잠든다
다시 물소리 크게 울리어 눈 뜨니
어느새 새벽이다
내가 잠자리를 마련했던 곳이
구상나무 아래였다는 것을 그제사 안다
내가 나무라면 저런 나무였으면 했던 그 구상나무
지난 밤 그리 깊게 잠들 수 있었던 것은
내 잠든 사이
밤새 저 나무 깨어서 나를 품고 있었기 때문이었음을.

천제단의 밤

여기 큰 밝음의 터
태백산 천제단 천오백육십 미터의 이 자리
오늘 밤은 여기에 잠자리를 마련한다
하늘 가까워 별들 한결 또렷하다
칠월 열이레 달이 저 아래에서 떠올라 온 사방 적요하
다
자궁 속의 태아처럼 침낭 속에 웅크려 별을 헤다가
잠을 청하지만
밤 깊어갈수록 의식은 수정처럼 투명하다
잠 깨어 지내는 밤은 더딘데
바람소리 온 사방에 가득하더니
한 순간 운무 자욱하게 피어나 천지간 아득하다
이곳 큰 밝음터에서
밝게 드러내어야 할 그 나는 무엇인가
오랜 순례가 끝났다고 여겼던 그 자리가 다시 새로운
순례의 시작점이었음을
내 여정의 끝은 어디일까
밀물처럼 밀려오는 생각들
이 생각들은 모두 어디서 오는 걸까

지금 이 생각을 지켜보는 이것은 무엇인가
이 생각도, 작은 짐승처럼 웅크려 숨 쉬고 있는 이 몸
뚱아리도 또한
내가 아님을
구름바다 속 삽시간에 빗방울 후드득 돋아
천제단 안에서 웅얼거리던 기도소리
서둘러 사라진다
이제 태백산의 깊은 적막 속 홀로 누워
천제단을 스치는 비바람 소리 온 몸으로 듣고 있다
땅의 절망을 하늘로 지피는 이 자리
아직 다 피워 올리지 못한 이 땅의 절망은 무엇인가
언제쯤 하늘의 뜻 이 땅에 다시 실어 펼 수 있을까
언제쯤이면 나는 다시 한 마리 신령한 짐승일 수 있을
까
이 또한 꿈속의 꿈
무엇인가 잠결 흔들어 눈을 뜨니
보라,
동해 바다 쪽에서 솟구쳐 오르는 저 해돋이
운해 속에서 피어나는 황홀한 붉새

온 세상이 청정하고 여여하다
합장하고 절하다
큰 밝음 천지간에 가득하다.

밤 숲에 들어

홀로 산 위에 올라
저문 솔숲에 잠자리를 펴다
파도처럼 밀려오는
솔바람 소리를 듣다
숲 속 어둠 위로 환한 달 떠올라
눈 감아도 눈부시다
바람 멈춤한 사이
밤이슬 내려 마른 얼굴을 적시다
새벽이 새들을 깨우기 전
내 안 깊이 잠든
길들어지지 않는 짐승 먼저 깨우다
땅을 움켜쥐고 하늘 소통하던
신령한 짐승 한 마리
새벽 숲속을 젖은 몸으로 거닐다

겨울 숲의 회상

  오랜 기억 속 그 겨울의 숲에도 모처럼 하얗게 눈이
내린 날의 아침이었다
  그 아침, 눈 내린 뒤 하늘은 한없이 파랬고 햇살은 어
느 때보다 더 눈부셨다
  너는 잎새를 떨군 나무가지 위에 앉아 네 작은 자태를
온전히 드러낸 채 눈부신 그 아침을 노래하고 있었다
  그 때 나는 나무 등걸 뒤에 몸을 숨기며 다가가 너의
심장에 총구를 겨누고 방아쇠를 당겼다
  딱 하는 소리와 더불어 너의 몸은 눈 위로 떨어져 내
렸다
  그 때 작은 깃털 몇 개가 함께 떨어져 날리었는지도
모른다
  내 손에 들린 너의 작은 몸은 아직 따뜻했는데
  네 눈, 채 감기지 않은 너의 눈은 내게 묻고 있었다
  왜 네가 그렇게 죽어가야 하는지를
  그렇게 너는 죽임 당하는 아무런 영문도 알지 못한 채
비명소리조차 지를 사이도 없이 한순간에 죽어갔다

네가 떨어진 자리 그 하얀 눈을 적신 붉은 핏방울

지금 그 숲에는 한 겨울에도 눈이 내리지 않고 그 붉은 피의 흔적도

네 가족들의 고운 그 목소리도 모두 사라졌다

네가 앉아 노래하던 아름드리 그 나무도 큰 비바람 몰아치던 날 뿌리째 쓰려졌다

그러나 내 가슴 속에선 오십여 년의 세월이 강물 되어 흐른 뒤에도

하얀 눈을 붉게 적셨던 그 피는 갈수록 더욱 선명하게 남아 있다

그날, 하얗게 내린 눈으로 더욱 눈부셨던 그 아침 숲에서 내가 한 짓이 무엇이었던가

내 안에 지우지 못한 사냥꾼의 오랜 습성 때문이었을까

내가 쏜 그 공기총으로 죽임 당한 것은 네 하나가 아니었음을 내가 안 것은

사랑에 담긴 그 아픔의 깊이를 어렴풋하게 짐작하기 시작한 다음이었다

그렇게 죽임 당한 것은 네 꿈이었고 네 둥지였고

너의 사랑이었고 너의 숲이었고

　너의 하늘이었음을

　그렇게 너를 죽임으로써 너로 이루어지는 그 세계, 너의 우주 전체를 송두리째 부숴버린 것이었음을

　그리고 너의 그 둥지가 나의 둥지였음을,

　네 사랑과 너의 숲과 너의 하늘이 곧 나의 사랑과 나의 숲과 나의 하늘이었음을

　너를 죽임으로서 나의 세계, 나의 우주 또한 함께 죽음으로 내 몰았음을 이제야 보고 있다

　그날 아침 내가 겨누었던 것은 나의 심장이었음을

　다시 내 가슴 속에서 그 아침처럼 네가 나무가지에 앉아 해맑은 그 목소리로 아침을 노래하지 않는 한

　그 아침 눈 위에 선명했던 그 붉은 피는 내 가슴 속에서 영원히 지워질 수 없는 것임을.

백수의 꿈

일이 삶의 목적이 아님을 안다
일하기 위해 태어난 것이 아니라는 것을
존재란 그대로 여여한 것이므로
애써 무엇을 이루려 하지 않는다
매 순간을 다만 감사하고 즐길 뿐
반드시 해야 한다거나
하지 않아야 한다는 것 또한 없다
때로는 바라는 것도 있고
이를 위해 기도하기도 하지만
반드시 이루어져야 한다고 매달리지는 않는다
무엇보다 이리 살아 있음을 먼저 감사하고
존재 그 자체를 즐긴다
삶을 기쁨에 두는 것
언제나 기쁨에 머무는 것
그것이 삶의 만트라다
하는 일 없이 바쁘기도 하지만 그것으로 여유를 잃지
는 않는다
바쁘다는 것은 왕성한 호기심
설렘으로 이 또한 즐길 따름이다

소유하는 것이 소유당하는 것임을 알기에

가진 것이 없지만 성긴 그물을 스치는 바람처럼 여유
롭다

덧붙여 꾸미지 않음으로써 가려졌던 아름다움이 환히
드러나게 한다

세상이 더 갖기 위해 정신없이 내닫을 때도

느리게 걸으면서 길섶에 핀 들꽃에 오래도록 눈 맞추
거나

때로는 돌아서서 걷는 것도 멋진 여정임을 안다

귀 기울여 듣는 것은 세상의 평판이 아니라 가슴의 울
림

언제나 겸손하지만 어디서나 당당하다

끼니를 구하기 위해 존재를 저당 잡히지는 않는다

세 끼면 황송하고 두 끼면 넉넉하고

한 끼라도 족하다

달랑 숟가락 하나만 들고 남의 잔칫상에 가 앉더라도

감사하고 즐기며 마음 모아 축복한다

삶이란 한 바퀴의 순례

또는 무대 위를 뛰노는 한마당 연극 같은 것
멋진 경험 하기거나 신명나게 즐기기일 뿐
매 순간을 활짝 가슴 열어 환하게 미소짓기
쓸모없음이 쓸모인,
그리하여 모든 이들이 백수인 세상
그것이 꿈꾸는 세상이다
마침내 백수가 세상을 구하리라.

慈

서로가 서로를 품어
어느 것 하나 외따로 일 수 없는
이 물결 속에서
가는 것이 오는 것이다
본시 한 목숨
내가 먼저 가슴 열어
당신을 안는다

기다림

온몸 귀로 열어 당신을 기다릴 때
그리 기다리는 내 곁에 나란히 앉아
가만히 내 손을 잡고
외로움 젖은 내 가슴 다독이며
먼 길 오는 당신을
내 앞서 기다리는 당신.

먼저 가슴 열어

푸른 새벽
하얀 사발에 담아 올린 정화수
퍼져가는 잔물결을 본다

모두가 탈 없이 잘 지내기를
참으로 행복하기를

내쉰 내 숨을 당신이 들이쉰다
우리는 서로에게로 이어진 한 물결
만물이 한 숨길 속에 출렁인다

선 자리가 중심
물결은 이 자리에서 일어나고
다시 이 자리로 밀려온다

서로가 서로를 품어
어느 것 하나 외따로 일 수 없는 이 물결 속에서
가는 것이 오는 것이다

본시 한 목숨
내가 먼저 가슴 열어
당신을 안는다

맑고 고요함

청정(淸靜), 맑고 고요함이라고
청정위천하정(淸靜爲天下正)이라고 쓴다

서툰 글씨로 하얀 부채가 시커멓게 먹물 뒤집어썼다
청정하지 못한 마음

너무 많이 세상 탓을 하고
너무 오래 분별하며 살아왔다

먼저 맑고 고요하지 않는 한 세상 어디에도
그 바름은 없으리라는 걸 나중에 알았다

텔레비전을 들이지 않은 지는 오래
일과이던 신문도 이미 끊었다

아직도 인터넷과 스마트폰이 곁에 있어
세상을 이리 분별하게 하는가

먹물로 어질러진 부채를 부치며
청정위천하정을 생각한다

여태껏 내 마음 맑고 고요하지 못해
이 세상 아직도 바르지 못한 까닭을

나의 당신은

마른 가슴을 적시는 시(詩)가 되어왔고
풀꽃 앞에서 두 손 모우는 예(禮)로서 왔고
살아 있는 모든 것들에 바치는 노래(樂)로서 왔습니다
그것들이 어울려 어찌할 수 없는 사랑이 되었다가
그 사랑이 이제 오롯한 기도가 되었습니다
숨죽여 우는 것들에 다시 귀를 돋우고
덧없이 사라지는 것들에 새로이 눈 맞추며
아픔으로 주저앉은 자리 추슬러 일어서는 것은
거기에도 당신의 기도 오롯함을 아는 까닭입니다
비온 뒤 더 싱그럽게 열리는 비갠 그 아침처럼
언제나 환한 나의 당신은

무턱대고

무턱대고 웃는 당신
아무 때나
아무 곳이나 가림이 없다
그냥 무턱대고 웃고
무턱대고 노래 부르고
무턱대고 춤춘다
그 웃음 따라 웃다가
까닭이 있어야 웃을 수 있는 게 아니라
그냥 웃으므로 절로 신명나는 까닭을 안다
무턱대고 웃는 그 웃음 마중물 되어
봄볕에 절로 피어나는 꽃처럼
그렇게 웃고 노래하고
온 몸으로 춤추지 않을 수 없게 하는 것임을
그래서 온 세상 환하게 피어나게 하는 것임을.

특별한 날

눈부신 아침
오늘은 특별한 날
영원이 순간으로 드러난
이 지상에서
내 생애의 오직 단 하루
어제도 내일도 아닌
바로 오늘
설레는 가슴모아 온 사방에 절한다

고맙습니다
사랑합니다

오늘 아침 가슴을 채운 말들

그리움 설레임 오롯함 따스함 고마움
사랑 가슴열기 환한 미소 축복
빛에너지 내면존재 꽃 피우기
탄트라 합일 엑스타시
충만함 지복
당신

첫 아침의 삼배

나는
이것과 저것을 잇는
통로
활짝 열린
창문

푸른 아침을 품은
어스름 저녁
내친 적 없는
흙가슴

낮은 곳에 머물러
가장 깊고 넓은
바다
천개의 가을 강을 비추는
시린 달

옛 별들의 무덤이며
새로운 별들을 낳는 자궁

블랙홀
텅 비어 가득한
허공

그리고 나는
당신께 가닿은 오롯한
시선
새해 첫 아침에 올리는
삼배.

세상의 울음 　.

한 아이가 운다
내 안에서 우는 아이는
내 바깥에서도 운다
우는 아일 달래려다 내가 따라 운다
우는 나를 달랠 수 없다
무엇으로 이 아일 달랠 것인가
누가 내 울음 그치게 할까
세상에 가득한 울음

네 절망과 네 고통이

너의 고통
나를 대신해서 그리 앓고 있는 것이라면

네 슬픔
나를 대신해서 그리 슬퍼하는 것이라면

너에게 닥친 그 불행
나를 대신해서 그러한 것이라면

네 좌절, 네 절망, 네 외로움, 네 눈물 그 모든 것
나를 대신하여 그러한 것이라면

나를 위해 온 몸 던져 올리는 너의 기도
그 혼신의 공양으로
지금 내가 이리 있는 것이라면

이 아침 오늘 하루를 미소짓고 시작할 수 있는 것은
어디선가 밤새워 내가 감당해야 할 그 아픔들을
송두리째 네가 대신하고 있기 때문이라면

낫을 갈다

낫을 간다
녹슬고 무딘 낫
날은 휘어지고 이빨은 빠져 있다
날의 상흔들은
이 낫에 베어진 것들의 아픔
무딘 날은 베어야 할 것에 대한 예의가 아니다
수없이 거듭된 생이었을 텐데도
이번 생이 이리 서툰 까닭은 무엇일까
서툰 낫질과 무딘 날로
네 가슴에 남긴 깊은 상흔들
잘라야 할 것이라면
한 순간에 베어져 고통이 없기를
지금 벼르는 이 날은
언젠가 베어야 할 나를 위한 것이기도 한 것을
날을 세운다
마지막까지 푸르게 깨어 있기를

평행우주

지금 나는 나와 똑같은 입자로 파동하는 한 사내를
생각한다
이 행성, 이 우주의 어느 곳이 아닌
다른 어느 우주에 있는 그 사내의 삶
그 일생과 그의 사랑
그 애틋함과 그 그리움
지금쯤 그도 내 생각이 났을까
아릿한 아픔을 이리 느끼고 있을까
내 아침의 기도에 그 사내와 함께한다
남은 그의 길에서도 더 밝고 환하게 미소 짓기를
여기 내가 환히 웃는 것이
거기 그 사내를 환하게 웃게 하는 것일까
저 별들 너머
가늠하지 못하는 이 우주 그 너머
낯선 우주에 있는
낯익은 그 사내의 안부를 묻는다

전중혈을 뜸뜨다

가슴이 열리면 사랑이 시작되고
가슴이 닫히면 사랑도 끝난다고 네가 말했지
계절을 앞질러 치닫는 내 그리움은
가을 접어들자 온 가슴으로 앓고 있다
이 그리움도 내 미련 같은 것일까
밀려드는 가을의 무게
앓는 가슴으론 감당할 수 없다
가슴에 뜸을 뜬다
전중혈 자리
중단전이라 하고
아나하트 차크라라고도 하는
사랑과 생명에너지의 샘터이자 중추인 그 자리
뜸쑥을 올리고 불을 붙인다
가슴에 쑥뜸을 지피면
막히고 얼어붙은 가슴 열리어
밀려드는 이 가을 그리움
버텨낼 수 있을까
가을마다 이토록 가슴을 앓는 것은
그 가을 설산 히말을 오르다가 다친 심장 때문이라

말했지만
　정작은 비어 있는 내 가슴 때문이다
　내 심장은 이미 네게 묻어버렸음으로
　심장 없는 빈 가슴으로 잎 지는 가을을 다시 맞는다는
것은
　겨울 저물도록 너를 기다리며
　하얀 눈밭 위를 온종일 맨발로 서성이는 것보다 더 아
린 것임을
　뜸쑥은 벌겋게 타올라 가슴을 사른다
　온몸의 신경이 따라 타오르고
　이 열기로,
　이 통증으로 내 그리움 또한 말끔히 태울 수 있기를
　향유를 온몸에 바르고 그 몸을 태우면
　장작 가마에 잘 구운 백자 항아리 같은 해맑은 사리
한 줌 얻을 수 있을까
　한 장, 한 장
　뜸쑥을 다시 올리고 가슴에 불을 지핀다
　남은 내 미련 타 태워질 때까지
　닫힌 가슴 온전히 열릴 때까지.

오랜 친구의 미소

거울을 본다
낯익은 얼굴

오랜 인연
이번 생의 오랜 날들을 이리 용케도 함께 해왔다
그 긴 세월 동안 우리 오롯했던 저이 있었을까

볼 때마다 이 얼굴
매번 안쓰러운 눈빛이다
제대로 한번 깊은 가슴으로 품어주질 못했구나

오늘 아침도 거울 속에서 마주 본다
나를 보는 그 얼굴도 굳어 있다
미안해
이젠 좀 활짝 웃어봐

가슴을 활짝 열고
얼굴 가득 미소가 저절로 피어나게
온몸으로 눈부시게 그리 환하게

생의 마지막 날까지 함께 가야 할 길
보듬어 안고 가는 것 말고는 어쩌할 수 없는 인연
가슴에는 사랑, 얼굴에는 미소
들숨 날숨에 이 만트라 품고
남은 날들을 좀 더 다정하게
그리 환하게.

사랑아, 내 사랑아

여기
마음껏 숨 쉴 수 있는 맑은 공기가 있다
여기 마른 목을 적셔줄 깨끗한 샘물이 있다
여기 안심하고 딛고 설 흔들리지 않는 땅이 있다
여기 캄캄한 어둠 밝혀줄 환한 빛이 있다
여기 너를 품어줄 따스한 가슴이 있다
사랑아
사랑아, 내 사랑아

이제 더 놀라지 마라
이제 더 두려워하지 마라
사랑아, 사랑아
내 사랑아

다시 고개 들고 방긋 웃어라
다시 꽃처럼 환히 피어라
네 슬픔,
네 두려움에
새들도 나무도 저 바람도

생기 잃고 모두 시들고 있다
다시 웃어라
다시 노래하고 춤추어라
사랑아, 내 사랑아

네 곁에는 언제나
하나 되어 나누어질 수 없는 내 사랑이 있다
내미는 네 손
다시는 놓치지 않는 굳센 손길이 있다
내 사랑아.

지금은

지금은
그저 고마워할 때
곁에 있는 것만으로
내밀어 그 손 잡을 수 있는 것만으로도
더없이 고맙고
마냥 눈물겨워 할 때

지금은
오직 사랑할 때
그 사랑 더 이상 미루지 않을 때
망설임 없이 달려가
주저함 놓고 사랑한다고 고백할 때

지금은
다만 가슴을 열어야 할 때
가림 없이 품어 안아야 할 때
마주 안은 가슴으로 눈물 훔치며
다시 환하게 웃어야 할 때

처음이듯
그리고 마지막인 듯
혼신으로
한사코 오롯할 때

건망증

무얼 가지러 왔는데
그게 무엇이었던지 기억나지 않는다

당신의 모습은 선명히 그려지는데
그 이름이 기억나지 않는다

내가 여기에 왜 왔는지
이 별에,
여기 이런 모습으로 존재하는 그 까닭이 무엇인지를
까마득히 잊고 있다

별을 본다
내 온 곳은 어디메일까
돌아갈 그 곳은

기억 속 당신의 이름을 잊었지만
가슴 속 당신은 환히 웃고 있다

이번 생에 여기 온 간절했던 그 까닭
가슴은 잊지 않았을 것이다

걸어갈 남은 길은
이 가슴과 함께 가는 것
그 길 끝 어디쯤에
내 여기 온 그 까닭 서성이고 있을 것이다

작별 인사

서둘러 너를 보내고
그 허둥대던 작별의 아쉬움이
네가 돌아올 때까지 가슴에 얹혀 있다
떠나는 너를 두고
나 또한 함께 가는 것이라 말했지만
몇 발자국이라도 함께하지도
멀어지는 모습 멈추어 지켜보지도 못했다
네가 떠날 때 나도 함께 돌아서느라
걸음걸음 사랑과 기쁨이 함께하라고
제대로 축복하지도 못했다
네가 길 떠나는 그 순간
너를 보내는 데 오롯함보다 더 중요한 일이 달리 또
무엇이 있었을까
내 말 한마디
눈길과 손짓 하나
어쩌면 그것이 너를 향한
이번 생에서 내 마지막 말이었을지도
내 생애 마지막 그 몸짓일지도 모르는데.

생의 여정

어제가 전생 그리고 내일이 내생
내 전생과 내생 걸어온 길 돌아보면 아련하고
걸어갈 길 바라보면 막연하다
모든 강이 바다에 닿아 있듯
모든 생이 다른 생에 이어져 있다
마르지 않는 샘과 멈추지 않는 강
마른 강에도 엎드려 귀를 대면
숨죽여 흐르는 소리 들린다
생의 순환선에서
가는 것이 오는 것 서둘지만 않는다면
언제나 넉넉한 시간이다
모든 자리가 시원
걸어온 그 길에서 당신이 바라본 그 꽃
나도 보았다
이 아침 한 송이 꽃을 들어
당신에게 삼배한다
환한 미소 피어나는 자리 강물 소리 청량하고
온 사방이 눈부시다

그리할 수 있다면

.내가 있어,
이 지상에 아직 이 몸을 두고 있어
살아있음의 그 감사와 기도가,
또는 내 미소와 손길이
누군가에게 작은 위로가 될 수 있다면
굳었딘 그 입가에 살포시 한 자락의 미소로 피어나거
나
시린 그 가슴에 한줌의 따스함으로 지펴질 수 있다면
큰 바다에 작은 한 방울의 물을 더하는 것이거나
한 여름 언뜻 스쳐 지나는 바람 같을지라도
나의 감사와 기도로
내 몸 담은 이 세상의 기운 그만큼만이라도 밝아질 수
있다면
누군가의 기도와 감사로
내가 지금 미소 지을 수 있는 것처럼
이 지상에서의 마지막 걸음까지
그 숨결까지
나 또한 그리할 수 있다면

그리 묻는다면

당신은 무얼 하는 사람이오
누군가가 내게 그리 묻는다면
기도하는 사람이오 그리 말할 수 있다면
남은 날들의 내 걸음걸음마다
마침내 내 들숨날숨마다 기도가 함께할 수 있다면

그 기도가 무엇이오
누군가가 다시 내게 그리 묻는다면
언제나 평화와 기쁨이 당신과 함께하기를
어디서든 활짝 꽃피어나기를
그리 축원하는 것이라고 말할 수 있다면

왜 그리 기도하는 거요
누군가가 또 그리 재우쳐 묻는다면
당신이 먼저 활짝 꽃피어난다면
그리 피어난 당신으로 환한 세상에서
나 또한 그 기쁨으로 함께 피어날 수 있기 때문이라
말할 수 있다면

기약 없이

다시 올 수 있을까
기약할 수 없는 그 길

다시 온다 해도
알아볼 수 있을까

마주 보더라도
당신인 줄 알아챌 수 있을까

서로를 알아볼
무슨 표식이라도 있을까

어디서 본 듯하다며
고개 갸웃하다가 스쳐 지나지나 않을까

다시 올 때는
바람이나 새가 돼야겠다던 당신

아침이면 창가에 와 지저귀는 그 작은 새나

풍경 울리며 지나는 그 바람을 당신이라 여길까

다시 당신 찾아 한 생을 헤매며
지는 노을마다 한숨 지어야 할까

미련 없이 떠나는 길은 무엇일까
기약 없이 떠나는 마지막 그 길

외길에서

길 위에 섰다
떠나는 길인가
돌아오는 길인가

어둠 속에 있다
밤이 깊어가는 것인가
날이 새는 것인가

바람결에 들리는 향기
꽃이 피는가
지고 있는가

모두 한 길
삼배(三拜)한다
살아 있음에 더 많은 감사를

바람이 분다

바람이 분다
살아야겠다고 말했다지

바람이 분다
사랑해야겠다고 다시 말한다

산다는 건 사랑한다는 것
사랑할 때 나는 지금 여기를 살아 있다

사랑할 때 나는 꽃피어나고
내 말과 몸짓은 그 향기가 된다

어디선가 바람이 불어온다
남은 날까지 다만 사랑이다

발문

말랑말랑한 우주를 꿈꾸는 구도의 시

박두규(시인)

여류 선생은 특별히 어떤 종교를 가지고 있지는 않은 것 같지만 그 삶 자체가 참으로 종교적이다. 오랫동안 꾸준히 공부하며 명상을 하고 늘 기도하는 생활이니 그 삶의 자리가 높고 자유로워 보인다. 이 시집의 전편에 걸쳐 드러나는 사상이라고 할까 그 사유의 정신은 인도의 베다 시절 이전부터 시작해서 우파니샤드와 힌두에 이르는 인도 명상, 그리고 노장의 사상과 도교의 기공, 초기불교 시절의 사마타(止)와 위파사나(觀) 명상 등의 우주관과 철학이 융합되어 그 배경으로 짙게 드리워져 있음을 느낄 수 있다. 하지만 선생은 이런저런 사상에 경도되어 있다기보다는 그 모든 것을 스스로의 삶으로 녹여내어 자기 현실로 살아내고자 하시는 것 같다. 다음의 시 「무상(無常)을 위하여」의 '무상'도 붓다의 가르침이지만 선생님의 일상에 잘 녹아 있음을 알 수 있다.

환하게 피었던 꽃 처연히 지고
꽃 진 그 자리 봉긋이 열매 맺히는 것은
칭얼대며 보채던 아이가
다시 방실대며 웃는 것은
알에서 깨어난 그 어린 새가
어느새 힘차게 저리 하늘 솟구쳐 오르는 것은
이 모든 것이 무상하기 때문이다

속절없음으로 무너지던 자리
다시 딛고 일어서는 것도
떠나보내는 등 뒤에서
기다림의 노래 다시 부르는 것도
이 또한 무상하기 때문이다

만남과 이별이여
태어남과 돌아감이여
무상함으로 늘 새로움이여
나는 오늘 다시 태어나
온몸 설레며 네게로 간다
언제나 새롭게 피어나는 나의 신부여.

_「무상(無常)을 위하여」 전문

무상無常은 불교에서 무아無我, 고苦(고멸苦滅＝열반)와 함께 삼법
인이라고 해서 불교의 핵심 명제라고 할 수 있다. 무상은 모든 현상
은 영원한 것이 하나도 없다는 말이며 존재하는 모든 것은 반드시
소멸한다는 것이다. 그래서 일반적으로는 모든 것은 변하며 인생은
덧없고 허망한 것이라는 정도로 이해하고 사용하는 단어이다. 특히
이 시에서는 무상을 '변하는 것'으로 인식한다. 영원한 것은 없고
소멸하지 않는 것은 없다는 말은 곧 모든 것은 변하고 또 변한다는
것이다. 꽃은 열흘을 넘기지 못하고 지게 되나 열매로 변하고, 알은
반드시 깨져서 하늘을 나는 새로 변하는 것이 바로 '무상'이라고 말
한다. 만남은 이별로 변하고 탄생은 죽음으로 변하는 것이 무상이
고 그것은 바로 새로움의 시작인 것이다. 그래서 모든 변화가 무상
이며 '언제나 새롭게 피어나는 나의 신부'인 것이다. 세상의 조화가
이러하니 삶이 언제나 아름다운 신부를 맞이하는 것처럼 기쁘고 새
롭고 설레지 않겠는가. 하지만 선생님의 마음은 붓다에만 매여 있
지는 않다. 다음 시는 그의 구도 행로를 얼마간 짐작할 수 있다.

내 마지막 숨을 몰아쉴 곳
꾸에렌시아(querencia)
내 심장을 당신의 가슴에 묻은 뒤로
당신은 나의 기도처가 되었다
한 점의 극점만을 가리키는 나침반처럼
언제나 당신이 있는 곳에

내 머리를 두었다

그러나 당신은 움직이는 사원이었으므로

내 나침반은 당신이 있는 곳을 향하기 위해

애타게 흔들리기도 했다

그리하여 어느새 버릇된 한숨과

의미 모를 중얼거림이 때론 절실한 기도가 되었다

내 기쁨의 근원이 당신인 것처럼

그렇게 내 슬픔과 고통도 당신에게서 비롯하였다

밤새 내리던 비 그치고

환히 개인 청량한 아침이나

선홍빛으로 처연한 저녁노을을 볼 때

내 심장이 있었던 그 빈자리가 유난히 아파왔다

그렇게 빈 심장을 앓으면서

내 심장을 묻은 당신의 가슴 또한 그리 앓고 있다는 것을

지독한 그 아픔으로 고요히 있질 못하여

쉼 없이 움직이며 그 아픔을 달래는 것인 줄을

당신이 움직이는 사원일 수밖에 없는 그 까닭을.

_「움직이는 사원(寺院)」 전문

　　시인은 자신의 심장을 '당신'의 가슴에 묻었고 나침반이 언제나
하나의 극점을 가리키는 것처럼 '당신'에 몰두되어 있다. 심장을
주었으므로 나는 당신이고, 나의 기쁨과 슬픔과 고통 또한 당신의

기쁨이고 슬픔이고 고통이다. 그리고 '당신'은 내면의 안식처(꾸에렌시아)이며 내 지독한 아픔을 달래기 위해 쉼 없이 움직일 수밖에 없는 '움직이는 사원'이다. 당신은 내가 있는 어디에든 존재하는 나이고 그 존재는 나의 염원이고 기도하는 사원이기도 하다. 한 그루 나무 앞에 서면 나무가 당신이고 기도처이며 지저귀는 새를 보면 그 새 한 마리가 당신이고 나의 기도가 있는 사원이다. 그리고 그 어느 곳이든 그곳이 시인이 마지막 숨을 몰아쉴 때까지의 현재이며 그런 삶을 살겠다는 강한 수행의지가 보이는 시이다. 내가 언제 어디에 있던 움직이는 사원인 당신이 늘 함께 있으니 그런 기도의 삶을 살겠다는 것이다. 그 '당신'을 자신의 시에서는 다음과 같이 말하고 있다.

그러므로 당신이라고 부르는 것은
이 지상의 오직 그 한 사람의 이름을 부르는 것이며
모든 그리운 이들의 이름을 또한 그리 부르는 것이다
드러나 보이는 당신과
드러나지 않는 그 모든 당신들을 함께 부르는 것이다
피어나는 것들과 저무는 것들
촉촉이 가슴 젖게 하는 것들과 환하게 웃음 짓게 하는 것들
어둠별과 새벽별을 한 이름으로 품는 것이다
그러므로 당신이란 이름은 고유명사
알파벳의 대문자로 표시하거나
고딕체로 적어야 할

또는 그 단어 위에 방점을 찍어

다른 일반명사들과는 구분되게 적어야 할 존재의 명사이다

그러므로 당신이라고 소리 내어 부르는 것은

신성의 만트라,

모든 간절한 것들의 이름으로 부르는 오랜 주문이며

여기 내 가난한 우주를 당신으로 따스하게 채우는 것이다

그러므로 당신이란 이름은

그 앞에서 옷깃 여미고 무릎 꿇어 삼배 올리거나

설레임 가득 다가가

뜨거운 가슴으로 품어 안을 내 사랑의 이름이다

그 목매임이다.

_「당신이라는 이름」 전문

　시인의 '당신'은 크게 보면 우주적 자아(브라흐마)이고 신성이며 진리이고 빛이고 사랑이며 참자아인 자신(아트만)이다. 그리고 그 당신은 일상의 보이는 모든 것이고, 보이지 않는 모든 것이다. 또한 오직 하나인 그것이며 그것을 그리워하고 염원하는 마음이며 뜨거운 가슴으로 늘 품어야 하는 그것이다. 말하자면 '당신'은 대단히 복합적인 어떤 무엇에 대한 호칭이면서 그때그때의 현재상황과 그 생각과 느낌에 따른 변주로써 사용된다. 그리고 궁극적으로는 자신이 닿아야 하고 이루어야 하고 그 자체가 되어야 하는 자기수련의 마지막 도달점이기도 하다. 선생은 그렇게 늘 당신을 부르

며 하루를 맞이하고 구체적 일상을 산다. 어디에 있든 누구를 만나든 무엇을 보든 그 하나하나가 당신이고 당신에 대한 기도요 간절함이니 그 삶 자체가 수행의 삶이 아니고 무엇이랴. 그 명상수련을 엿볼 수 있는 시 한 편을 소개한다.

하나의 끝점이
새로운 시작의 그 처음이다

끝과 시작이
하나로 휘도는 거센 소용돌이
그 출렁임 속에서
당신을 본다
당신을 보는 나를 보고

안팎 동시(同視)
지켜보는 이를 지켜보는 자리
여여하다

고요한 중심
환한 미소.

_「지켜보기(觀)」 전문

시의 제목이 '관觀'이다. 이해를 돕기 위해 간략히 말하면 여기서 관은 '지관止觀 수행'의 관을 말하는 것으로 지관 수행은 고대인도로부터 내려오는 명상수련으로 초기불교 당시의 붓다가 수행했다는 사마타(止)수행과 위파사나(觀)수행을 말한다. 사마타는 선정의 경지인 삼매에 들어 마음을 한곳에 모아 관찰할 대상이 한곳에서 다른 곳으로 동요되는 것을 막는 수행이며, 위파사나는 사마타의 집중을 통해 대상을 있는 그대로 보는 통찰의 지혜를 얻기 위한 것이다. 사마타를 통한 선정의 힘이 아니면 지혜가 생길 수 없고 지혜(위파사나를 통해 얻는) 없이는 해탈이 불가능하다는 것을 초기경전인 아함경이나 남방, 북방 불교에서 모두 말하고 있다.

선생은 이 '관觀' 수행을 시로 쓰고 있는 것이다. 선생은 명상을 통해 시작과 끝이 하나 되는 지점에서 당신을 보고 동시에 당신을 보는 나를 본다. 여기서 '당신'은 '우주적 자아' 라고 할 수 있으며 '나'는 참자아인 아트만이다. 그리고 이 둘은 하나의 실체(梵我一如)라는 사실을 지켜보면서 '고요한 중심'에서 '환한 미소'를 짓는 것이다. 말하자면 선정에 들어 지혜를 얻고 해탈의 경지에 이르는 것이다. 이는 선생께서 스스로 자신의 '공부 길의 만트라' 라고 하시니 더 말해 무엇하랴.

붓다는 지관止觀 수행을 통해 '무상, 무아, 고'의 삼법인을 바로 알고 '탐, 진, 치' 삼독三毒을 극복해야 한다고 했다. 선생의 공부 길목에 있던 '무아'에 관한 시를 보면 선생의 '관觀 수행'을 더 짐작할 수 있다.

여기 하나의 자가 있다

내가 지닌 그 잣대
작은 걸 재기엔 크고
큰 것을 재기에는 짧다
굽을 것을 재기엔 곧고
곧은 걸 재기에는 굽었다
여태 이 잣대로 재어온 세상
언제나 모자라거나 늘 지나쳤다

당신이 왔다

이 자로는 도무지 잴 수가 없다
어쩌할 수 없어 다 놓고 그냥 본다
비로소 드러나는 당신의 모습
미소와 손길조차
저울 달고 자로 재려 했던 그 생각 놓은 자리
환한 미소와 따스한 손길
그제사 또렷하다
온 가슴으로 가득한 당신

여여하고 충만한 세상

_「자(尺)」 전문

   이 시는 '무아無我'에 관한 시다. 자(尺)는 무엇인가를 재는 기준이며 '에고'이다. '에고'는 현상적 세상의 모든 대상에 대한 인식과 행위의 주체인 이기적 자아이며 '아트만(眞我)'과는 다른 자아의 개념이다. 에고(尺)로써는 사물의 본질을 잴 수 없다. 나의 인식과 행위만큼만 그 대상을 이해할 수 있을 뿐이며 그것도 내 방식대로 내 기준으로 내 잣대(尺)로만 보고 듣고 느끼고 생각하니 어찌 그 대상의 참모습을 알 수 있을 것인가. 이 자(尺)를 버리지 않은 이상 '당신'을 꿈꿀 수는 없다. 이 '에고'를 버리는 것이 '무아無我'다. 시인은 '이 자(尺)로는 도무지 잴 수가 없'어서 어쩔 수 없이 그 자(尺)를 버리고 그냥 보니 당신의 모습이 드러났다고 말한다. 그러고 나니 세상은 여여하고 충만하더라고 한다. 많은 수련하는 자들이 꿈꾸는 경지이다. 이 '무아無我'에 이르러야 비로소 탐욕도 사라지고, 분노도 의미가 없어지며, 전도몽상의 어리석음을 벗어나 여실지견如實知見 할 수 있으니 어찌 세상이 여여하고 충만하지 않겠는가. 참으로 부러운 일이다.

   그렇다면 이런 경지는 이 세상의 현실에서는 어떻게 펼치는가. 그것의 유일한 수단은 바로 내 '몸'이다. 다음 시에서 그걸 말한다.

  사랑하는 이여,
  그대는 내게

몸으로 여기에 존재하는 이유가 무엇이냐고 물었다.

사랑하는 이여.
내가 몸으로 여기에 있는 것은
몸으로 드러나 있는 그대를 사랑하기 위해서이다.

그대가 몸을 갖고 여기에 오고자 했을 때
몸으로 오는 그대를 위해
나 또한 몸으로 와서 그대를 기다렸다.

이 몸이 없이는
몸으로 오는 그대를
몸으로 사랑할 수 없는 까닭이다.

그러므로 이 몸은
몸을 가진 그대를 사랑하기위한
몸으로 드려나 있는 나이다.

몸 너머의 사랑을 갈망하는 그대여.
이 몸 이전의 우리 사랑이 그러했고
이 몸 이후의 사랑이 또한 그러하다.

지금은 여기 이 몸의 사랑에 오롯할 때

그런즉 그 몸을 사랑하고
그 몸으로써 사랑하라.

몸은 신성을 모신 사원이라고 말하지만
사랑하는 이여.
몸은 드려나 있는 신성이다.

몸으로서 몸을 모시는 것이
몸으로 드려나 있는
지금 여기서의 우리 사랑인 것은 이 때문이다.

_「몸으로 존재하는」 전문

이 시에서 시인은 자신이 몸으로 존재하는 이유는 몸으로 드려
나 있는 그대를 사랑하기 위해서라고 말한다. 여기서 그대는 '당
신'의 현존이면서 다른 별에서 지구로 온 우주적 자아라고 할 수
있다. 시 속의 화자 또한 어느 다른 별에서 온 우주적 자아이며 그
대를 만나기 위해 이 지구별에 먼저와 '몸'으로 기다렸다는 것이
다. 그래서 몸은 드러나 있는 신성神性이니 몸으로서 몸을 모시는
것이 지금 여기서의 우리 사랑이라는 것이다. 어쨌거나 몸과 영성
의 관계를 말한 디팩 초프라가 떠오르는 대목이다. 문제는 '사랑'
이다. 이 현존의 세상에서 이 몸이 존재하는 것은 오로지 사랑 때
문이라는 말은 예수도 붓다도 누구도 말한 진리이니 문제는 몸의

신성을 받아들이고 그렇게 상대방의 몸을 모시는 것, 그런 사랑을 해야 하는 것, 아니 어쩌면 그 사랑 자체가 되어야 한다는 것이다.

몇 편의 시를 통해 선생의 무엇을 다 알 수는 없겠지만 시집의 초고를 읽다보니 선생의 구체적 일상 삶이 말 그대로 구도자의 삶이라는 것을 알 수 있었다. 그리고 수련의 치열성과 사람과 모든 생명과 삼라만상에 대한 사랑의 지극정성을 짐작할 수 있었다. 시집을 정독한 나로서는 부디 선생께서 선정에 들어 지혜를 얻고, 스스로 자신의 '공부 길의 만트라'라고 하신 '고요한 중심'에 들어 '환한 미소'를 짓기 바라는 마음뿐이다. 마지막으로 선생의 참 말랑말랑하고 유연한 우주를 짐작하게 해주는 시 한편을 올리며 글을 마치고자 한다.

하얀 나비 한 마리 초록의 숲을 날고 있다
초록 숲의 바다 위를 하얀 물새가 날고 있다
진초록 깊은 바다 속을 은빛 물고기 유영하고 있다
온 사방 출렁이는 바다
나비가 물새가 되고 물고기가 되었다
참 말랑말랑하고 유연한 우주

_「말랑한 우주」 전문

고요한 중심 환한 미소

초판 1쇄 발행 | 2015년 4월 30일
초판 2쇄 발행 | 2015년 6월 20일

지은이 | 이병철
펴낸이 | 현병호
편집 | 김도경, 장희숙
디자인 | Pati_권진주
펴낸곳 | 도서출판 민들레
주소 | 서울시 성북구 보문로 34가길 24
전화 | 02) 322-1603
이메일 | mindle98@empas.com
페이스북 | facebook.com/mindlebooks
홈페이지 | www.mindle.org

ISBN 978-89-88613-58-0 03810
값은 뒤표지에 있습니다. 잘못된 책은 바꾸어 드립니다.